A Ilha do Tempo Perdido

Atual Editora

Lino de Albergaria

ENTRE LINHAS AVENTURA

A Ilha do Tempo Perdido

Ilustrações: Filipe Rocha

Série Entre Linhas

Gerente editorial • Rogério Carlos Gastaldo de Oliveira
Editora • Kandy Saraiva
Assistentes editoriais • Laura Vecchioli, Flávia Zambon e Ana Luiza Candido
Coordenação e produção editorial • Todotipo Editorial
Revisão de texto • Giovana Bomentre, Sabrina Coutinho, Thaís Vallim e Fernanda A. Umile
Preparação de texto • Cláudia Cantarin
Produtor editorial • Elcyr Oliveira

Diagramação • Elis Nunes
Produtor gráfico • Rogério Strelciuc
Projeto gráfico (miolo e capa) • Homem de Melo & Troia Design
Impressão e acabamento • Log&Print Gráfica, Dados Variáveis e Logística S.A.
OP: 286277

Suplemento de leitura e projeto de trabalho interdisciplinar • Fabiana Camargo Pellegrini

Dados Internacionais de Catalogação na Publicação (CIP)

(Câmara Brasileira do Livro, SP, Brasil)

Albergaria, Lino de
A Ilha do Tempo Perdido / Lino de Albergaria ; ilustrações Filipe Rocha. – São Paulo : Atual, 2015. – (Entrelinhas)

ISBN 978-85-357-1931-4

1. Ficção infantojuvenil brasileira. I. Rocha, Filipe. II. Título.

15-00179 CDD-028.5

Índices para catálogo sistemático:

1. Ficção : Literatura infantojuvenil 028.5

SARAIVA Educação S.A.
Av. das Nações Unidas, 7221 – Pinheiros
05425-902 – São Paulo – SP
Tel: 4003-3061
atendimento@aticascipione.com.br
www.coletivoleitor.com.br

1ª edição / 9ª tiragem
2025

Para o Renato César

Lista de personagens

Dona Dolores – diretora da escola
Gumercindo – motorista do ônibus escolar
Nina Diane (Nini) – aluna e neta de Coriolano
Coriolano Ramalho Brandão – dono da ilha e avô de Nina Diane, Patrícia-Eduarda e Alice-Roberta
Gisele (Gigi) – aluna e irmã de Zara
Zara (Zazá) – aluna e irmã de Gisele
Charles – aluno
Nicolau (Niquinho) – aluno
Eustáquio (Taquinho) – aluno
Íris – aluna
Jáider Ulisses (Jadico) – aluno e irmão de Lucas Lauro
Lucas Lauro – aluno e irmão de Jáider Ulisses
Úrsula – aluna e irmã gêmea de Paulo Sérgio
Paulo Sérgio (Pimba) – aluno e irmão gêmeo de Úrsula
Sônia Regina (Naná) – aluna
Carlos Bruno (Cacau) – aluno
Patrícia-Eduarda (Nenenha) – prima de Nina Diane e de Alice-Roberta, neta de Coriolano
Alice-Roberta (Lica) – prima de Nina Diane e de Patrícia-Eduarda, neta de Coriolano
Tia – cigana, empregada de Coriolano
Araras
Mico
Índio

– Hum... como é bom o cheiro do mar!

Dona Dolores respirou fundo, os olhos fechados para sentir melhor a brisa marinha. Junto dela estavam doze de seus alunos. Esperavam pelo motorista, Gumercindo, que estava levando para o estacionamento o ônibus em que trouxera a turma. Iriam tomar um barco que os deixaria na ilha. Lá seriam recebidos pela décima terceira aluna: Nina Diane, a Nini. Era seu aniversário, e ela havia convidado o pessoal para conhecer a Ilha do Tempo Perdido, cuja única casa pertencia a seu avô, Coriolano Ramalho Brandão.

Gisele, a quem todos chamavam de Gigi, puxou a diretora pela manga, pois estava intrigada com o nome do lugar e gostaria de uma explicação sobre seu significado. Mas dona Dolores não tinha uma ideia precisa do que "tempo perdido" queria dizer naquele caso. Provavelmente não representaria uma perda de tempo para os recém-chegados. Afinal, explorar uma ilha tropical cercada por águas verde-azuladas era sempre excitante e curioso.

– Nessa ilha, com certeza, já aconteceram muitas coisas. Inúmeros navios devem ter se aproximado da região, e um ou outro mandou desembarcar seus marinheiros. Podem ter explorado a madeira nativa ou se abastecido de água potável. Alguns até podem ter decidido ficar porque acharam o lugar agradável, mas resolveram abandoná-lo depois. Pode até ser que existam ruínas de construções de um tempo bem distante – ela expôs sua hipótese para todos.

Zara, a Zazá, irmã de Gigi, se queixou de Nini não ter avisado que o lugar para onde iam poderia estar cheio de fantasmas ou almas penadas assombrando as tais ruínas.

– Quanta imaginação! – Charles não conseguia acreditar que pudessem descobrir, no local, outra coisa além de histórias fantasiosas. Só não contava com a reação de certos colegas.

– Por que não pode ser? – perguntou Nicolau, o Niquinho.

– É, por que não? – Eustáquio, o Taquinho, disse, como se fosse o eco de seu melhor amigo.

A surpresa de Charles se devia ao fato de que, até a última excursão, quando estiveram na Serra das Lianas, aqueles dois se mostravam tão pouco inclinados ao mundo da fantasia quanto ele próprio, Gigi ou Íris, mesmo esta última sendo sonâmbula e dada a passeios noturnos inesperados.

Os irmãos Jáider Ulisses, cujo apelido era Jadico, e Lucas Lauro, apesar de sempre dispersos, agitados e bagunceiros, também eram mais interessados na realidade, ao contrário dos gêmeos Úrsula e Paulo Sérgio, o Pimba, que pensavam exatamente como Zazá, tão diferente de Gigi – único caso de irmãos que sempre discordavam. Talvez porque fossem duas meninas, desconfiava Charles, já que não conhecia outra dupla numa mesma família que discutisse tanto. Ele não poria a mão no fogo pela sensatez de Sônia Regina, a Naná, que não era de falar muito e parecia estar sempre com a cabeça nas nuvens. E Nini parecia ser tão misteriosa quanto o nome da ilha. Não era à toa que o lugar pertencia à sua família.

– Vocês dois, hein? O que está acontecendo com vocês? – ele perguntou à dupla que parecia ter mudado de opinião.

– Nós vimos muitas coisas esquisitas quando passamos a noite na Casa da Neblina e em nossa viagem para a Serra das Lianas – falou Niquinho.

– Precisamos estar preparados para tudo o que possa acontecer desta vez – explicou Taquinho.

Carlos Bruno, o Cacau, até então calado, acertou mais um golpe na descrença de Charles:

– As trevas malditas nunca nos dão trégua! É melhor a gente ficar bem atento. Todo cuidado é pouco, pessoal!

Por trás deles, ouviu-se um canto, que interrompeu a conversa.

– "Eu não sou daqui,
marinheiro só.
Eu não tenho amor,
marinheiro só."[1]

A voz era de seu Gumercindo, que vinha chegando muito animado, com uma camisa listrada de azul e branco e um boné imitando o dos marinheiros, com direito a uma fita azul e um pompom vermelho.

– Ótimo! Já estamos todos aqui, podemos embarcar! – comandou dona Dolores.

À frente deles, o barco balançava, mas estava bem ancorado e preso ao cais por uma corda. Um a um foram entrando. Um marinheiro, que estava ali para ajudar, dava a mão a todos. Uma onda mais forte afastou o barco, justo quando entrava a última passageira. O homem que devia segurar sua mão se distraiu um momento com a mochila que a menina lhe entregara de um jeito afobado, e Naná caiu no mar.

• • •

Antes que o marinheiro saltasse na água para resgatar a passageira, uma onda ainda mais forte a carregou para longe da praia sem que ela tivesse tempo de gritar por socorro. Contudo, o sujeito nadava bem e pôde alcançá-la e trazê-la para a embarcação, para onde foi içada com a ajuda do dono do barco e de seu Gumercindo.

Dona Dolores a enrolou numa toalha e fez com que se sentasse no lugar mais protegido que encontrou, enquanto Gigi e Zazá retiravam as algas que haviam grudado nos cabelos e nas roupas molhadas da colega. Só uma ficou, como uma pulseira, presa ao braço de Naná.

O dono e comandante do barco ligou o motor assim que seu auxiliar – depois de ter verificado se todos estavam sentados e usando os coletes salva-vidas – soltou a âncora e recolheu a corda que a prendia.

Uma brisa começou a soprar. Dona Dolores voltou a fechar os olhos, pois adorava o perfume da maresia. Mas o vento fez com que Naná, com as roupas molhadas por baixo da toalha, tivesse um calafrio e espirrasse duas vezes.

– Mau presságio... – Cacau falou baixo para Pimba, mas não tão baixo que Charles não pudesse ouvir e desaprovar com um sinal de cabeça.

Gumercindo, para animar a viagem, recomeçou:

– "Oi, marinheiro, marinheiro,
marinheiro só.
Quem te ensinou a navegar?
Marinheiro só.
Foi o tombo do navio,
marinheiro só.
Foi o balanço do mar,
Marinheiro só.
Lá vem, lá vem,
marinheiro só."

Ninguém tinha se animado a acompanhar o motorista, até que Lucas Lauro cutucou Jadico, e os dois irmãos, com a mesma cara de espertinhos, cantaram a sequência, sem dúvida para implicar com o cantor e seu modo de se vestir:

– "Como ele vem faceiro,
marinheiro só.
Todo de branco,
marinheiro só.
Com seu bonezinho,
marinheiro só."

Como seu Gumercindo não estava todo de branco, dona Dolores nem imaginou que os irmãos encapetados estivessem insinuando qualquer coisa sobre a elegância duvidosa do falso marujo.

De qualquer forma, a cantoria foi interrompida quando Íris gritou:

– Olha lá, gente! A ilha! Já dá pra ver!

Todos viram. Uma massa verde-escura reunindo copas indistintas de árvores, uma praiazinha à frente com um ancoradouro visitado pela espuma de ondas mais fracas e gaivotas indo para lá, como se anunciassem a chegada do barco.

• • •

– Olhem só! – Íris apontou, desta vez para o céu.

Alguns estranharam que as gaivotas se dispersavam, agitadas, mudando a direção do voo. Outros, alertados pelo barulho, viam passar sobre eles um helicóptero, que também se dirigia à ilha.

– Quem será que nós vamos encontrar? Serão amigos da Nini? – perguntou Gigi.

– Alguém rico, com certeza – observou Taquinho.

– Será que é famoso? – Zazá quis saber.

– Ser rico não significa ser famoso – objetou Charles.

– Que pena! Pensei que o avô da Nini tinha contratado alguns artistas para animar a festa – conformou-se Zazá.

– Vocês andam assistindo a muita televisão – dona Dolores comentou, sem, entretanto, poder dizer quem estava chegando.

– Quem pode ser? – Úrsula ardia de curiosidade.

– Não quero nem imaginar – disse Pimba.

Charles e Íris, mesmo sem olhar um para o outro, sacudiram os ombros. Provavelmente Pimba estava pensando em alguma criatura de outro planeta, embora esses indivíduos, em vez de helicópteros, costumassem usar discos voadores.

O helicóptero contornou a ilha e foi descendo, até não ser mais visto, pois as árvores logo o esconderam. Enquanto isso, o barco se aproximava de seu destino. Eles já podiam ver, no cais, uma figura solitária que parecia esperá-los.

– É a Nini! – Gumercindo foi o primeiro a reconhecer a aniversariante. Tirou seu boné e começou a agitá-lo, dando também uns pulinhos desajeitados.

Nini, enquanto o barco chegava mais perto, aos poucos foi identificando cada um dos passageiros, menos aquele marinheiro maluco. Achou que fazia parte da tripulação, mas estranhou a ausência do motorista. Ficaria triste se ele não viesse. No entanto, assim que ele desembarcou, à frente de todos, foi o primeiro a receber seu abraço.

As crianças pisaram uma a uma no chão da ilha. Dona Dolores, que ficou por último, deixou a embarcação depois de Naná.

Cacau se alarmou quando Naná, com as roupas quase secas, depois de olhar à sua volta com muita atenção, virou-se para ele e falou:

– Que lugar estranho!

• • •

Cacau ficou cismado com a pulseira de alga da colega, mas não disse nada, já que Naná sempre inventava enfeites diferentes para usar. Olhou para o interior da ilha, tentando verificar o que causara o desconforto da garota. A vegetação, que começava baixa e espalhada a alguns passos da praia, era substituída mais adiante por árvores muito juntas e altas, o que dificultava a penetração da luz e produzia muita sombra. Alguma coisa realmente misteriosa, uma energia indecifrável, vinha de lá. E ele não era o único a sentir aquilo, pois, ao perguntar se Pimba não estava achando tudo muito fora do normal, o amigo imediatamente concordou com ele.

Nini, tendo a seu lado Gumercindo, felicíssimo por ter sido convidado para aquele lugar que, para ele, parecia o paraíso, ia à frente dos outros, mostrando a estrada estreita e rente aos troncos e aos galhos.

Ninguém tinha visto ainda bichos de terra ou pássaros, quando Pimba sentiu, acima do tornozelo, a ferroada de uma formiga. Mas seu "ai" foi abafado pelo barulho e pela ventania provocada pelo helicóptero voltando para o continente.

– Quem foi que chegou? – Jadico perguntou antes de Gigi, que mal conseguiu terminar de abrir a boca e ainda engoliu um pouco da poeira que se levantava do chão.

– Foram minhas primas. Elas vieram para o aniversário. Meu avô foi encontrar as meninas na clareira onde desce o helicóptero, por isso não veio comigo receber vocês – Nini explicou.

Niquinho se perguntou se as primas seriam bonitas. Gigi, tossindo por causa do pó que havia ingerido, não tinha dúvida de que as garotas eram ricas. Sua irmã Zazá pensou que elas, podendo viajar daquele jeito tão caro, deveriam ter o nariz em pé. Naná ficou curiosa para saber como estariam vestidas. Pimba só se preocupava em esfregar a perna, onde via crescer um calombo vermelho. Charles se distraía com tantas árvores e percebeu que na ilha, como na Serra das Lianas, havia trepadeiras, porém não da mesma espécie. Os arbustos também eram muito diferentes. Ele perguntou à diretora como se chamavam aquelas samambaias enormes, que até lembravam pequenos coqueiros. Isso dona Dolores sabia: samambaiaçus. Ela disse que *açu* era um termo indígena que significava "grande". Taquinho também pensava nas primas de Nini: quantas seriam?

Jadico e Lucas Lauro iam grudados nos calcanhares de Gumercindo, brincando de sombras, sem que o motorista percebesse a imitação. Mas pararam logo depois, surpreendidos pelo olhar bravo de dona Dolores, seguido de um gesto com a ponta do dedo balançando na direção de cada um.

A única conversa, embora sussurrada, foi de Úrsula com Cacau, os dois no fim da fila, ao lado de Íris:

– Será que essas meninas são normais?

– Como assim? – Cacau não entendeu.

– Podem ser... vampiras riquinhas, você não acha?

– Será? – Ele passou, seriamente, a considerar a hipótese.

– Epa, um papagaio azul! – gritou Íris, que não prestava nenhuma atenção em Úrsula, sem saber, no entanto, que estava enganada, já que nunca tinha visto aquele tipo de ave.

Então um pequeno bando de pássaros, soltando gritos estridentes, sobrevoou as cabeças dos caminhantes. Nini explicou:

– São araras. Elas às vezes aparecem na ilha, mas logo somem.

Cacau não sabia se araras eram tão azarentas quanto corujas, contudo aquelas vozes que lembravam sons humanos não lhe pareceram boa coisa. Vozes de bruxas não seriam daquele jeito? O menino cochichou para Pimba que aquele lugar era mesmo esquisito, com bichos que imitavam gente e desapareciam de repente. O amigo, ainda se coçando, comentou com muito exagero:

– E também está cheio de formigas carnívoras!

Úrsula guardou no bolso uma pena azul que apanhou ainda no ar. Não quis se enfeitar com ela, como Naná certamente teria feito.

• • •

A vegetação em torno deles por fim escasseou e puderam ver uma casa velha e comprida surgir por trás de alguns coqueiros, com o telhado criando um triângulo bem no centro da fachada. Havia uma varanda enorme na frente, protegida por um gradil de madeira. Era suspensa do chão por vigas bem largas, e uma escada com degraus também de madeira, cercada por dois corrimãos, conduzia à varanda, onde trepadeiras se enroscavam às grades. Assim que chegaram perto da escada, um homem surgiu no alto, vindo lá de dentro. Íris imaginou que fosse um tio de Gumercindo.

Coriolano Ramalho Brandão lembrava um velho pirata de barbas brancas, pois fumava cachimbo e tinha uma bandana na cabeça – que Charles deduziu ser uma proteção para que a careca do homem não sofresse com as queimaduras do sol.

– Entrem! Entrem! – gritou com uma voz trovejante que deixou as crianças intimidadas, puxando em seguida uma longa baforada de seu cachimbo já enegrecido pelo uso.

Pimba se esqueceu do calombo e da coceira, ao verificar que outro vulto passava rápido atrás da única janela no alto da casa, bem no meio do triângulo estreito que constituía um segundo piso, que devia ser muito apertado.

Ninguém mais parecia ter notado o que ele viu, porque nesse momento, atrás do avô, surgiram as primas de Nini. Provavelmente não eram irmãs, pois não se pareciam em nada, mas deviam ter a mesma idade dos alunos de dona Dolores. Uma era bem alta e usava camiseta e minissaia, enquanto a outra, de estatura menor, vestia uma túnica que ia até abaixo dos joelhos e tinha mangas compridas e largas, apesar do calor. Com exceção de dona Dolores, Nini e todas as recém-chegadas usavam *shorts*.

A prima mais alta exibia um sorriso escancarado quando foi apresentada por Coriolano:

– Esta é a Patrícia-Eduarda de Mattos Brandão.

– Podem me chamar de Nenenha e a priminha, de Lica.

Lica lançou um olhar desconfiado para o grupo, enquanto o avô declarava, com enorme satisfação, seu nome inteiro:

– E esta é a Alice-Roberta de Queirós Brandão.

Ninguém percebeu, só ouvindo, que o nome delas tinha um hífen, ausente em Nina Diane de Assis Brandão – Íris ou Charles poderiam pensar que a mãe de Nini era menos sofisticada do que as de Nenenha e Lica. Pelo último sobrenome em comum poderiam deduzir que eram filhas de três filhos de Coriolano. Gigi certamente iria querer saber a razão daquele hífen, que, para a maioria, não tinha a menor importância, apesar da solenidade com que foram apresentadas as meninas, sobretudo no tom de voz com que foram anunciadas.

Dona Dolores foi a primeira a cumprimentar os novos conhecidos e achou que deveria apresentar seus alunos pelo nome completo, mas confundiu o sobrenome da metade. Os alunos, surpresos com tudo e principalmente com medo de terem as mãos esmagadas pelo aperto vigoroso do anfitrião, não manifestaram nenhuma vontade de consertar os enganos da diretora. Mas todos gostaram dos apelidos de Lica e Nenenha, apesar de terem estranhado a seriedade da mais baixa. Zazá chegou a acreditar que os apelidos tivessem sido trocados, já que "Nenenha" não combinava com uma garota daquela altura. Enfim, eram crianças como as outras, embora se deslocassem num helicóptero.

Enquanto Gigi perguntava o nome das flores que ornamentavam a grade da varanda e Nini explicava que eram damas-da-noite, Lica se dirigiu aos hóspedes e retirou do bolso da túnica vários cartões com imagens de anjo, e entregou um a cada visitante:

– Não se esqueçam de rezar para os anjos da guarda antes de dormir!

• • •

A garotada ia ter de se acomodar em colchonetes espalhados pelos quartos maiores, onde só havia camas de verdade para as três netas de Coriolano. Havia um quarto um tanto apertado para dona Dolores, e Gumercindo teria de ficar na sala, dormindo numa rede.

Niquinho e Taquinho, no cômodo reservado para os garotos e sem nenhuma cama, reclamaram dos colchões. Acharam o velho pão-duro, pois, na opinião dos dois, ele deveria ter providenciado camas confortáveis para todos. Charles ponderou que a casa não era um hotel, e como eles eram muitos ficava complicado acomodar todo mundo. Cacau e Pimba estavam curtindo muito que os garotos ficassem juntos, e Lucas Lauro e Jadico se entusiasmaram mais ainda. Charles era quem desconfiava da alegria dos irmãos. Certamente, eles iriam querer aprontar alguma coisa durante a noite.

As meninas até que aceitaram bem dormir nos colchões fininhos, enquanto Nini, Nenenha e Lica ocupavam camas de verdade. Como aquele quarto era o mais amplo, não ficariam tão apertadas. Zazá e Úrsula faziam de conta que estavam em um acampamento. Naná foi a primeira a abrir a mochila. Felizmente nada estava molhado lá dentro, e ela pôde trocar de roupa. Nini levou o *short* e a camiseta que a amiga tinha tirado para que acabassem de secar.

Naná aproveitou para pegar um bloco e um estojo de lápis, pois pretendia fazer muitos desenhos, e se instalou na varanda, interessada que estava em reproduzir a trepadeira com flores brancas e miúdas em volta das grades. Pensava que poderia ser a estampa de um vestido de verão. Como queria ser estilista, precisava se acostumar a inventar estampas. Gigi a acompanhou e se pôs a admirar os trechos de mar que podiam ser vistos por entre as árvores, quando se assustou com uma pessoa que surgiu silenciosamente no vão da porta. Era uma mulher usando tranças e uma saia comprida de chita. Ela pareceu se divertir com o susto da menina e sorriu – um sorriso no qual brilhava um dente coberto de ouro. Sumiu em seguida, para dentro da casa.

– Você viu o que eu vi? – Gigi perguntou.

– Acho que não. O que foi? – disse Naná, entretida com seu desenho.

Mas ficou sem resposta, pois uma das araras pousou no corrimão bem perto delas, falou qualquer coisa na sua língua de arara e depois voou, dando um rasante sobre alguém que caminhava lá fora e depois ouviu-se um grito:

– Ela roubou meu boné, a danada!

Era Gumercindo, triste por ter perdido o chapeuzinho com pompom vermelho. Ele acabou desistindo de seu passeio e foi se juntar às meninas na varanda. Perguntou se tinham visto o ataque que sofrera, mas elas, infelizmente, perderam aquela cena tão imprevisível. Foi quando Gigi contou da mulher misteriosa que ninguém mais tinha percebido.

• • •

Cacau e Pimba tomaram coragem, valendo-se da companhia um do outro, e foram se informar com Coriolano sobre o que mais os interessava no lugar.

– O senhor... – começou Pimba.

– Sim? – devolveu o homem, distraído e olhando para outra direção.

– ... poderia explicar... – continuou Cacau.

– O quê?

– ... onde ficam as ruínas? – Pimba completou.

Coriolano se voltou para os dois, intrigado:

– Ruínas, mas que ruínas?

– As ruínas da ilha... onde a gente... – Cacau iria dizer “onde a gente pode ver assombrações”, mas foi interrompido por uma gargalhada rouca que fazia a barba branca sacudir.

– Aqui só tem esta casa, e ela ainda está longe de virar uma ruína.

O avô das três meninas então propôs mostrar um pouco de sua propriedade aos visitantes curiosos. Zazá e Úrsula, atentas à conversa, se dispuseram a participar do passeio. O velho chamou também Charles, Niquinho e Taquinho. Os garotos já estavam do lado de fora, observando a paisagem por trás das árvores, que, nos fundos da casa, ficavam de novo mais compactas e próximas umas das outras.

Caminharam até a clareira, sempre rodeando a mata, atentos aos ruídos vindos lá de dentro, como pássaros piando ou o barulho de algum sapo. Coriolano Ramalho Brandão mostrou o ponto exato onde o helicóptero costumava pousar.

– O que tem do lado de lá? – Zazá assumiu o jeito perguntador da irmã.

– É bom que vocês não se afastem muito da clareira. – O homem evitou responder.

– Por quê? – Dessa vez o curioso era Taquinho.

– Ali vai dar num mangue. Fica perigoso caminhar num chão alagado que pode afundar a qualquer momento.

– Então é melhor a gente chamar aqueles dois – disse Charles, apontando para Jadico e Lucas Lauro, que, tendo saído sozinhos, iam para onde não deveriam ir.

• • •

Coriolano assobiou, recorrendo à ajuda de dois dedos para empurrar a ponta da língua, e os irmãos ouviram imediatamente o som alto e agudo. Olharam para trás, e de má vontade obedeceram aos gestos para que voltassem.

Irritados, insistiam que o chão não afundava. Havia até um caminho sobre troncos deitados que terminava numa ponte, e eles estavam muito interessados em descobrir o que havia do outro lado.

– Vocês não podem atravessar a ponte! – disse o dono da ilha. E explicou, mesmo com os olhares de descrédito de Lucas Lauro e Jadico: – As tábuas estão apodrecendo. Eu preciso mandar trocar.

Começaram o caminho de volta para a casa, quando o velho parou, intrigado. Pôs-se a observar para onde se dirigia uma arara, que provavelmente tinha se separado do pequeno bando. Foi quando Cacau constatou que o homem sempre parecia preocupado em olhar para alguma coisa ao longe.

"Aí tem", pensou o menino.

Num trecho do caminho, quando passavam perto da outra trilha que ia dar na tal ponte, Jadico disse, contrariado, que o chão estava sequinho, tanto que ele e o irmão estavam com as solas dos tênis praticamente limpas. Do contrário, o barro teria se agarrado nelas. Mas, apertando o passo, Coriolano fez com que andassem mais rápido.

Pimba chamou Cacau de lado e, falando bem baixo, perguntou:

– Por que será que ele não quer que ninguém passe pela ponte?

– Do outro lado deve ter alguma coisa esquisita, só pode ser – concluiu Cacau.

– As ruinas... – Pimba imaginou.

– Ou assombrações! – Cacau se empolgou tanto que falou bem mais alto, o que fez Coriolano olhar para ele de uma maneira que o menino interpretou como zangada.

“Esse velho barbudo está querendo nos enganar”, ele guardou para si esse pensamento.

• • •

Nenenha e Lica chegaram à varanda, perguntando por Nini. Gumercindo tinha visto a menina indo para a praia com dona Dolores. Nenenha animou-se a encontrá-las e convidou quem quisesse para ir junto. Naná preferiu continuar desenhando. Lica não queria se expor ao sol. A prima mais alta sumiu um instante e voltou usando um elegante chapéu de palha. Ao saber que Gumercindo teve o bonezinho, que ela adorou, roubado por uma arara, improvisou para ele um lenço muito parecido com o do avô. Gigi foi pegar na mochila um chapeuzinho de crochê branco, comprado na excursão ao parque ecológico, e aceitou usar o protetor solar oferecido por Nenenha.

Foram os três para a praia, o motorista olhando desconfiado para o céu, à espera do ataque de mais um pássaro de voz esquisita. Logo viram dona Dolores e Nini, que catavam conchinhas entre as pedras e a areia.

De onde estavam, Lica e Naná viram o homem e as duas meninas sumirem por trás da vegetação. Mas podiam distinguir, mais ao longe, a cabeça de dona Dolores quando ela se levantava depois de recolher uma concha.

Lica então comunicou, com certa decepção, que tinham se esquecido de levar um bolo para o aniversário de Nini. Naná, procurando no estojo um lápis com um tom de verde mais escuro, falou para ela não se preocupar:

– O presente da turma para a Nini vai ser um bolo. O pai do Lucas Lauro e do Jadico, o seu César, é um confeiteiro famoso. Ele preparou o bolo mais bonito que sabe fazer, e nós trouxemos a caixa no barco com todo o cuidado. Felizmente não fui eu quem a carregou, senão ela teria caído no mar.

Naná explicou que levara um tombo na hora de entrar no barco, mas tinha conseguido salvar a mochila com suas roupas e seu material de desenho. Lica notou a pulseira de alga marinha usada pela menina, que só então se deu conta do adorno em seu braço, mas decidiu permanecer com ele.

– Acho que logo vai começar a feder – falou Lica.

A desenhista, porém, cheirou o punho e, sentindo apenas um leve odor de água salgada, retrucou que acreditava que a pulseira ia demorar a apodrecer. Mesmo porque seria difícil tirar. A planta parecia colada à sua pele. Tinha o jeito de uma tatuagem.

Lica, muito formal, pediu licença e gritou para dentro da casa:

– Tia, ô tia! Você guardou os doces que a gente trouxe para a festa?

Uma mulher usando tranças pôs a cara um segundo numa janela e respondeu, mal-humorada:

– Mas é claro, é óbvio, é lógico!

– É a mãe da Nini ou da Nenenha? – perguntou Naná, que mal tinha olhado para a rápida aparição.

– Não, ela trabalha para o meu avô. É chamada de Tia por todo mundo, porque nunca contou qual é o nome dela. Deu para perceber que é uma cigana?

– Cigana? Não reparei, não.

• • •

Dona Dolores apontou para o mar e disse, desapontada:

– Nós não vamos poder nadar.

– O que está acontecendo? É um tubarão? – Gumercindo se afligiu.

– Não... mas... olhem!

As ondas vinham trazendo uma enormidade de algas escuras que, aos poucos, cobriram a superfície da água.

– Que feio! – falou Gigi. E se dirigindo a Nenenha: – Isso é normal por aqui?

– Completamente anormal! Nunca vi antes! Você já viu, Nina?

– Eu não. É a primeira vez!

– Que pena! – dona Dolores lamentou.

Gumercindo achou que aquele era um dia de total falta de sorte. Primeiro perdeu o chapéu, depois a vontade de entrar no mar. As águas verde-azuladas estavam turvas. Mas ele olhou para o céu e viu que continuava azul e com poucas nuvens, todas muito brancas.

– Pelo menos não vai chover! – ele disse.

– É verdade, seu aniversário vai ser em um dia lindo! – dona Dolores disse para Nini.

Gigi considerou que o dia poderia ter sol e céu limpo, no entanto isso não seria tão agradável para o motorista. Uma gaivota tinha levantado voo da amendoeira que os protegia. E acabava de deixar uma lembrança esverdeada na cabeça de Gumercindo.

Nenenha logo se apressou a lavar o lenço improvisado do falso marinheiro, entrando no mar, com a água até as canelas, e tentando desviar das algas.

Nini o consolou, dizendo que ele não precisava de boné nem de lenço, já que não era careca.

Dona Dolores esperou que Nenenha se juntasse a eles, pensando que felizmente Jadico e Lucas Lauro não estavam por perto para rir de Gumercindo. Em seguida, chamou o grupo de volta para casa.

• • •

Ainda na varanda, o pessoal que vinha da praia ouviu um grito assustado dentro da casa. Todos correram para ver o que havia acontecido.

Encontraram os outros garotos agitados, tentando acalmar Úrsula, a autora do grito, abraçada por Zazá, que também apresentava uma expressão amedrontada.

– Não ria delas, vovô – Nini pediu a Coriolano, que acabava de soltar uma divertida gargalhada.

– O que foi? – perguntou dona Dolores.

– Elas se assustaram com a Tia – ele explicou.

Então foram apresentados à misteriosa cigana, cuja sombra havia intrigado Pimba assim que se aproximaram da casa pela primeira vez.

A mulher não cumprimentou ninguém e só levantou os olhos do chão para fixar Gumercindo por um instante, e um disfarçado sorriso durou como um relâmpago em seu rosto. Íris percebeu que ele não estava olhando para a mulher, preocupado com Úrsula e Zazá, ainda reticentes em aceitar a presença de uma figura tão estranha. Ela pensou que Jadico e Lucas Lauro, rindo do medo das colegas, também não notaram o olhar e o esboço de sorriso dirigidos ao motorista.

Eles, com certeza, zombariam dele. Mas Íris não sabia interpretar o que percebeu tão de relance. Disposição romântica? Desprezo? Ou uma ameaça velada?

Nenenha foi comunicar ao avô o aparecimento das algas, sujando o mar e já invadindo a areia. A turma correu em bando para a varanda, de onde todos podiam observar a cena. A água estava com um aspecto ainda pior. Caminhar pela praia se tornava muito pouco agradável, com as ondas trazendo sucessivas camadas de algas pegajosas. Cacau pôde ver que Coriolano franziu a testa, mas, tentando se mostrar muito calmo, ele falou:

– Isso acontece...

– Mas não vai dar pra gente nadar – Nenenha protestou.

– Infelizmente não... – ele falou, desconsolado.

Cacau imaginou que Coriolano preferia que a turma ficasse na praia em vez de explorar o resto da ilha.

Pimba se deu conta de que só uma pessoa não havia ido até a varanda. Ele notou sua presença no fundo da sala. Viu que a Tia desviou o olhar do dele, afastando-se no mesmo momento rumo à cozinha. Quando puxou Cacau para uma conversa preocupada, num canto vazio da sala, cada um revelou ao outro as atitudes suspeitas do patrão e de sua empregada.

• • •

Dona Dolores reuniu a meninada na varanda, incluindo as primas de Nini, para o jogo da história maluca. Organizou uma roda em volta dela e explicou as regras. Ela iria dizer as letras na sequência do alfabeto, e os jogadores deveriam criar uma frase por vez para formar a história.

Dependendo da inspiração, podia sair uma coisa muito engraçada. Era um bom divertimento para um número grande de participantes, e mesmo se fossem poucos, depois de completado o círculo, o primeiro participante voltava a falar, até que a história se concluísse com uma dificílima palavra começada por Z. Não valiam K nem W nem Y.

Quem estava à direita da diretora deveria começar a brincadeira. Lucas Lauro foi o primeiro, satisfeito porque a letra A era considerada muito fácil para qualquer um inventar uma boa frase. Nem pensou muito e soltou:

– A alma do negócio é o silêncio.

Lica estranhou a frase invertida, mas dona Dolores a aceitou, pois fazia sentido, e olhou para a próxima: Zazá, já aflita, porque não lhe vinha nenhuma boa ideia iniciada com B. Lucas Lauro passou a bater com os nós dos dedos no chão para ela se apressar, mas foi impedido de continuar pela diretora, antes que outros o imitassem.

– Bem... bem cedo ou muito tarde todos vão ficar sabendo o segredo... – Zazá se sentiu aliviada por se livrar da expectativa dos outros.

– Com certeza todos vão saber! – disse Cacau, exibindo um sorriso esperto por ter emendado sua fala à da colega.

Ao lado dele, Nenenha também hesitou um bom tempo antes de continuar a história:

– De que se trata? É o que quase todos perguntam. – Ela mesma, pela cara envaidecida que fez, gostou de sua solução.

O seguinte, Pimba, não sentiu a menor dificuldade:

– É uma coisa muito, mas muito macabra mesmo... A maldição das trevas está a ponto de se manifestar!

– Foi então que escutaram o grito apavorado de agonia – disse Úrsula, mudando o tempo da história, que até então se passava no presente.

Íris olhou para a colega, acenou negativamente com a cabeça e prosseguiu:

– Gente, era apenas uma arara!

Vários olhares se fixaram em Lica. Charles e Cacau, principalmente, estavam interessadíssimos no que ela iria falar. A menina, com aquele jeito sério, se inclinaria pela perspectiva misteriosa de Pimba e Úrsula ou pelo ponto de vista objetivo de Íris?

Lica fechou os olhos, pareceu se concentrar por um tempo bem mais longo do que os colegas antes dela e, ao abri-los, disse com sua voz delicada, mas firme, imaginando um futuro com final feliz:

– Haverá sempre luz no fim do túnel!

Lucas Lauro olhou para dona Dolores, querendo que ela invalidasse aquela jogada. Na opinião dele, não tinha nada a ver com o rumo que a história vinha tomando, mas a diretora, assim como aceitou a frase dele, viu sentido na de Lica.

Jadico tinha se distraído, pensando se aquela menina era mesmo estranha ou se era só a roupa que estava usando num dia de tanto calor, e precisou ser cutucado por Charles para perceber que era o momento de criar a sua frase.

– É... é... – ficou repetindo para ganhar tempo, mas seu próprio irmão, muito impaciente, lembrou que a letra era I e não E.

– Interessa a quem tanto mistério? – Jadico achou sua frase genial, ainda mais ao ouvir "Muito bem!" de Zazá e Úrsula, advertidas pela diretora de que só deveriam falar quando chegasse a vez de cada uma.

Charles teve um branco, enquanto olhava através da janela, observando o vento balançar suavemente o galho de uma árvore. Até que veio sua inspiração:

– Jamais saberemos, porque não há mistério nenhum!

Ele sabia ter desiludido Cacau, Pimba, Zazá e Úrsula, contudo não imaginou a própria decepção com a jogada de Niquinho:

– Lá fora, entretanto, as algas acabam de cobrir completamente o mar.

Niquinho foi quase aplaudido pelo quarteto, que descobriu um aliado inesperado. Em seguida, outro aliado se revelou, insistindo num tom fantástico:

– Mas não é só o mar. A Terra inteira aos poucos será dominada pelas algas grudentas – disse Taquinho.

Acompanhando a brincadeira, sentado um pouco atrás de dona Dolores, Gumercindo reparou então no braço de Naná. Não é que uma alga grudenta tinha se enrolado no pulso da menina?

– Nada nem ninguém nega nexo na natureza! – falou Gigi convictamente, e todos admiraram sua participação, só com palavras começadas com N. Ela era mesmo muito boa naquele jogo. Se fosse um campeonato, ganharia facilmente o primeiro lugar!

Um pouco confusa, sem saber para que direção ir, Nini, antes de ser interpelada por Lucas Lauro, que cuidava para que a brincadeira não fosse interrompida, falou:

– O que posso esperar do meu aniversário?

Naná passeou os olhos pela roda, deteve-se mais tempo nos gêmeos Úrsula e Pimba e levantou o braço, mostrando o pulso:

– Pois é muito estranho tudo isso: um menino com um calombo na perna, uma menina com uma pena azul caindo do bolso, outra com uma tatuagem no braço.

Naná pensou que mais alguma coisa a deixara intrigada, sem se lembrar de que Gigi havia engolido a poeira que o helicóptero levantou do chão. Úrsula guardou a pena no fundo do bolso, antes que a perdesse.

Foram surpreendidos nesse momento pelo toque de um sino. Era a Tia chegando, sacudindo um sininho e dizendo:

– Para a mesa, já!

– Mas e o nosso jogo? – protestou Lucas Lauro.

– Vamos ter de interromper, pessoal. É o aniversário da Nini. Não foi para isso que a gente veio até aqui? – decidiu dona Dolores.

Uns mais e outros menos frustrados por não terem chegado ao fim da brincadeira foram se levantando e se dirigindo para dentro da casa.

Quando passaram pela cigana, tanto Íris como Pimba escutaram a mulher murmurar:

– Quem é que não viu o marinheiro perder o chapéu?

• • •

Nini não tinha motivo para se preocupar com sua festa, como revelou durante a brincadeira maluca. Havia salgadinhos e doces, refrigerantes e sucos à vontade, até água de coco geladinha tirada dos frutos da ilha pelo próprio Coriolano.

Antes que Nenenha agarrasse a primeira empadinha, uma mão a segurou. Era de sua prima Lica, dizendo para ninguém mexer na comida.

– Só pode estar envenenada pela bruxa de trança... – Cacau cochichou para Pimba, que já dava um passo para trás e se afastava da mesa.

– Mas por quê? – quis saber Nini.

– Vamos rezar antes! – disse Lica.

E começou uma oração muito comprida, que terminava com uma invocação ao anjo da guarda de cada um, especialmente ao da aniversariante, já que aquele era um dia especial para ela.

Assim que ela acabou, Lucas Lauro, dizendo um "Até que enfim!", esticou sua mão para a empadinha da qual Nenenha aparentemente tinha desistido. Mas não foi o caso! Mais rápida, a mão dela fez com que o salgado fosse direcionado para sua boca e, em seguida, prontamente mastigado. Em solidariedade ao irmão, Jadico quase falou alto o que estava pensando: "Esfomeada!".

Até Pimba e Cacau se animaram a comer, ao ver a diretora se servir de um pastel. Zazá, que não tinha ouvido o comentário dos amigos, acreditava que uma comida abençoada por tantos anjos os protegeria de qualquer mal. Do mesmo jeito que Úrsula, ela continuava desconfiadíssima da Tia, sem saber que Cacau e Pimba viam a mulher de um modo igualmente suspeito. Além do mais, aquela invasão das algas e o terreno pantanoso lá fora tornavam tudo perigoso demais na Ilha do Tempo Perdido.

Íris e Charles notaram a careta de desgosto de Coriolano quando Gumercindo propôs:

– Amanhã vamos brincar de escoteiros, pessoal! Vamos explorar a ilha, eu vou assumir o comando!

– Quer dizer que o "marinheiro só" não vai mais aparecer? – perguntou Jadico.

Ouviram então uma espécie de gargalhada. Para Úrsula, era um grito de agonia. Coriolano e a Tia correram para enxotar a arara que tinha pousado no parapeito da janela.

Lica e Nenenha, que tinham saído um instante, voltaram trazendo o lindo bolo, com várias camadas e coberto de frutas, que o pai de Jadico e Lucas Lauro tinha preparado em sua confeitaria. As velas já estavam acesas, e todos cantaram "Parabéns a você". De longe, foram imitados pelas araras.

• • •

À noite, todos se recolheram em seus quartos. Dona Dolores, desconfiada de Jadico e Lucas Lauro, deixou a porta dos meninos entreaberta para poder escutá-los se começassem alguma bagunça. Embora tivessem pensado em se disfarçar com lençóis para contornar a casa e aparecer como se fossem fantasmas na janela das meninas, estavam muito cansados para pôr o plano em ação. Foram os primeiros a dormir.

Dona Dolores provavelmente foi a seguinte. Nem percebeu que alguém fechou primeiro a porta dela, depois a dos meninos. Tinha sido a Tia, a mando de Coriolano. Ele sabia que havia um sonâmbulo entre eles, mas não imaginava quem poderia ser. Por isso, quis certificar-se de que todas as portas estivessem fechadas.

Na sua rede na sala, Gumercindo imaginou que se Íris, a única sonâmbula que ele conhecia, saísse do quarto, ele logo saberia, porque, como escoteiro amador, estava sempre alerta. No entanto, o cheiro das damas-da-noite entrando pela janela aberta e juntando-se a uma brisa mais forte que balançava sua rede bem de leve fez o sono se tornar irresistível.

Duas pessoas custaram a dormir, cada uma fumando seu cachimbo: uma era Coriolano, no seu quarto enfeitado com barcos dentro de garrafas nas prateleiras e esculturas de peixes nas paredes, e a outra era a Tia, no seu quartinho no sótão, onde também usava uma rede. O cheiro do fumo escapava e se misturava ao perfume das flores brancas da trepadeira.

No quarto das meninas, Nini sonhava com anjos, ouvindo o barulho contínuo de suas asas batendo, pois eram muitos se movimentando naquele espaço, e Naná sonhava com algas que chegavam cada vez mais perto da casa e cobriam as paredes como se fosse hera.

Todos dormiam, alguns roncavam, quando Íris se levantou à procura das imagens de anjos que suas colegas ganharam de presente. Após recolher a última, saiu silenciosamente pelo corredor e abriu a porta do quarto dos meninos, que rangeu um pouco, mas mesmo assim ninguém acordou.

Ela revistou as mochilas de cada um dos colegas, como tinha feito com as das meninas, juntando o que viera buscar. Só teve dificuldade com o anjo de Cacau, guardado no bolso do pijama, e naquele momento o menino estava deitado sobre ele. Cacau, contudo, continuou mergulhado em um sono pesado quando a colega, com muito esforço, o virou na cama.

Depois de conseguir tudo o que queria, ela foi até a sala. Calmamente, colocou no chão cada imagem até completar um círculo em torno da rede em que dormia Gumercindo.

Então voltou para o quarto, deitou-se e ficou quieta, com os olhos ainda abertos, fixando o teto.

No cômodo ao lado, dona Dolores estava tendo um pesadelo. Tentava gritar, mas o som não saía. Tinha acabado de virar uma gigantesca arara-azul.

• • •

Quando acordou, bastante suada e agitada, a diretora só se acalmou ao verificar que seus braços tinham aparência inteiramente normal. Reconfortada por não ter asas nem penas, ainda levou as mãos ao nariz, certificando-se de que ele não tinha se transformado num bico duro e curvo. Por fim, examinou as unhas, constatando, aliviada, que não haviam virado para dentro, como as garras dos pássaros.

Ainda cantarolou para testar a voz. Seu "Parabéns a você" nada tinha daquela imitação estridente feita pelas aves na véspera, como se zombassem das pessoas na casa. Depois de trocar de roupa e se arrumar, foi até a varanda, imaginando se todas as algas que tinha visto também fossem só um pesadelo. Mas, assim que pôs os pés ali, deu um pulo para trás, para não levar um esbarrão de uma arara de verdade. O pássaro carregava vários papéis no bico e deixou cair um, bem em cima de Gumercindo, que, com o cabelo completamente despenteado, ainda se espreguiçava.

– Ora, quem diria, um retrato de anjo! Chegou pelo céu? – o homem perguntou.

– Estava no bico da arara... – Dona Dolores apontou o pássaro, que já sumia entre as copas das árvores.

– Ela podia ter devolvido o meu chapéu... – ele disse.

– Será que é a mesma que vimos ontem? – A diretora estava intrigada.

Nini apareceu um instante e os cumprimentou sorrindo. Dona Dolores achou que tudo estava normal. Viu Gumercindo se dirigir para dentro da casa e deu uns passos à frente, rumo ao final da varanda, até conseguir ver o mar. Infelizmente, no entanto, as algas permaneciam ali. Não só cobriam toda a superfície da água, como tinham enegrecido cada centímetro da praia.

O céu estava bastante nublado, mas não parecia que ia chover. A diretora não gostou do dia cinza, sombrio. As árvores tinham uma aparência muito mais escura. Um silêncio pesado vinha da vegetação. Estranhou não ver nenhuma gaivota. Mesmo o restante do pequeno bando das araras tinha se retirado.

Um macaquinho desceu da amendoeira, porém sem se aproximar da casa. Apenas olhou para ela com olhos bem tristes e rapidamente desapareceu. Dona Dolores decidiu entrar e procurar seus alunos.

A primeira pessoa que viu foi Lica, perguntando à cigana se o café já estava pronto.

– Lógico, evidente. Alguma dúvida? – a outra disse com seu jeito rude e uma má vontade que parecia ainda maior naquele dia.

Gumercindo usava uma roupa cáqui e um lenço da mesma cor, além de botas curtas de amarrar e meias três-quartos. Faltava um chapéu em sua fantasia de escoteiro. Um tanto desanimados com o dia feio, os meninos e as meninas enrolaram um pouco para sair da casa. Nini teve de convencê-los a aderir ao passeio. Coriolano deu muitos conselhos e avisos, sobretudo para não caminharem na direção do mangue nem passarem pela ponte de madeira, que, segundo ele, estava apodrecendo e não suportaria o peso de tanta gente.

Para deixá-lo mais tranquilo, dona Dolores se prontificou a participar da caminhada. O dono da casa não ficou muito satisfeito com a adesão de Lica e Nenenha à turma e se mostrou enciumado ao ver Nini, à frente da fila, de mãos dadas com Gumercindo. E lá se foram, a maioria ainda sonolenta, um atrás do outro naquele dia abafado e sem sol. A diretora tinha aplicado bastante repelente em todos eles, o que deixou Coriolano um pouco menos apreensivo.

Assim que chegaram a um ponto em que o caminho fazia uma curva, Nenenha e Lica acenaram para o avô, em pé na porta dos fundos. Pimba, que tinha sido o único a olhar para trás, mostrou para sua irmã Úrsula que o velho estava com um binóculo pendurado no pescoço.

– Para que isso? – perguntou a menina.

– É claro que ele não quer nos perder de vista – o irmão respondeu.

Nenenha e Lica, que não estavam acostumadas com Gumercindo, se assustaram quando o motorista e agora escoteiro-chefe começou a cantar em alto volume:

– "Eu vim de longe para encontrar o meu caminho
Tinha um sorriso e o sorriso ainda valia
Achei difícil a viagem até aqui
Mas eu cheguei, mas eu cheguei."[2]

Ninguém sabia a letra e nem podia imaginar como Gumercindo aprendera aquela música, mas dona Dolores pensou que devia ser uma autêntica canção de escoteiro. Ele continuou:

– "Eu vim por causa daquilo que não se vê,
vim nu, vim descalço, sem dinheiro, e, o pior,
Achei difícil a viagem até aqui,
Mas eu cheguei, mas eu cheguei!"

Jadico e Lucas Lauro se entreolharam, imaginando se Gumercindo ia ficar mesmo pelado. Cacau teve um arrepio ao ouvir alguém cantar que veio por causa "daquilo que não se vê". Não que ele acreditasse que o motorista tivesse virado um bruxo, pois quem tinha todo o jeito de ser chegada num feitiço era a cigana trançuda. Aquelas palavras, entretanto, lembrando um mundo de assombrações, eram um grande sinal de mau agouro.

Ele achou que era Zazá quem estava atrás dele quando comentou, virando-se para onde ela deveria estar:

– Tenho certeza de que alguma coisa bem esquisita está para acontecer!

Só que quem respondeu foi Naná, que tinha passado à frente de Zazá:

– Vai sim, vai acontecer! – Ela estava caminhando com os olhos fechados e segurando a alga que começava a se despregar de seu braço.

• • •

Cacau não sabia o que dizer, estava paralisado, sem conseguir reagir às palavras de Naná, que parecia fora de si. Portanto, apenas observou, aflito, quando Lica se aproximou e puxou com força a alga que a outra menina balançava.

– Ainda bem que desgrudou. Isso ia começar a feder! – Lica jogou para longe a "pulseira" que tinha se rasgado.

Cacau só reagiu quando viu marcado no braço da colega um desenho que lembrava vagamente uma samambaia. O grito do menino chamou a atenção da diretora, que se aproximou.

– Está sentindo alguma coisa? – dona Dolores perguntou a Naná, que estava bem pálida e custou a abrir os olhos.

– Tive uma tontura, mas já passou.

– Ainda bem! – disse Lica.

Cacau achou que nem tudo ia bem, mas se tranquilizou ao ver que dona Dolores resolveu caminhar ao lado de Naná, passando uma das mãos sobre o ombro da aluna.

– E essa marca? – Ele apontou para o pulso um tanto esverdeado da amiga, seguindo com o dedo o formato da alga.

A diretora falou, muito calma:

– Não é nada, Carlos Bruno. Isso vai sair depois do banho.

A turma ficou mais entusiasmada depois que Nini começou a cantar no lugar de Gumercindo:

– "Alabum, ticabum,
alabum, ticabum,
alabum, ticauaca,
ticauaca, ticabum."[3]

A diretora também cantou para alegrar a caminhada. Na primeira oportunidade, ia pedir que Gumercindo não cantasse mais a outra música, a que repetia "mas eu cheguei, mas eu cheguei", que ninguém mais conhecia. Na verdade, ela preferia o "marinheiro só", apesar de não ser um tema escoteiro. E, assim que Nini terminou o "alabum, ticabum", ela mesma começou a cantoria, e logo foi acompanhada com muito entusiasmo por Jadico e Lucas Lauro:

– "Oi marinheiro, marinheiro,
marinheiro só..."

• • •

– Ali, ali! – Íris, muito empolgada, apontava para o céu.

Foi só começarem a entoar a canção do marinheiro para o chapéu com pompom vermelho reaparecer no bico de uma arara, que ninguém saberia dizer se era a tal que, no outro dia, o afanara do dono.

– Sua danada! Devolva o que é meu! – Gumercindo correu na direção dela, sumindo dentro do mato.

Dona Dolores conseguiu impedir as crianças de irem atrás dele, mas precisou puxar Lucas Lauro e Jadico, cada um por um braço. Pediu à turma que não se afastasse do caminho que levava à clareira, atenta às recomendações de Coriolano.

– Volta, seu Gumercindo! – todas as meninas gritaram, entretanto, sem ouvir uma resposta.

Estavam todos muito ansiosos pelo regresso do motorista, quando um barulhinho diferente foi notado pela diretora. Ela reconheceu o macaquinho que tinha se aproximado da casa logo pela manhã, com seu pelo cinzento, o rabo comprido e listrado e dois tufos de pelo mais longo em volta das orelhas. O bichinho estava com o boné, muito maior do que ele, e segurava-o com as patinhas da frente no alto da cabeça, pois se o enfiasse, não enxergaria nada. Ninguém, a não ser dona Dolores, o notara.

Foi quando escutaram Gumercindo voltando pelo lado oposto ao do macaquinho. Vinha com muita raiva, furioso com o pássaro:

– A arara deixou meu boné cair, só que eu não pude ver onde. Mas vou voltar e procurar, nem que passe a tarde inteira fazendo isso! – disse ele.

– Alguém já achou, Gumercindo! – falou dona Dolores, com entusiasmo.

Todos olharam, praticamente ao mesmo tempo, e viram o bichinho segurando o chapéu no ar, como se fosse coroar a si mesmo.

Nenenha, que trazia uma bolsinha de pano com um lanche, tirou de lá uma banana e mostrou para ele:

– Olhe aqui! Não quer trocar? Pegue a banana, pegue!

O macaquinho ficou olhando para ela, hesitante. Finalmente tomou uma decisão. Correu para junto da menina, agarrou a fruta e pulou para a árvore mais próxima. No momento em que se aproximou de Nenenha, deixou cair o boné.

Seu Gumercindo, que recebeu o boné das mãos de Niquinho, o limpou, soprando a poeira, e o desamassou. Faltava uma parte do pompom, com certeza mastigado por alguma arara. Mas ele fez como o macaquinho estava fazendo: levantou solenemente o boné e finalmente se coroou.

A garotada achou muito esquisito aquele escoteiro-marinheiro, mas ninguém quis dizer nada. Nem mesmo Jadico e Lucas Lauro.

• • •

Assim que chegaram à clareira, dona Dolores pediu a Gumercindo que ensinasse à turma algum truque de escoteiro. O motorista, como se tivesse sido influenciado pelo mico, coçou a cabeça, muito indeciso. A diretora entendeu que ele só conhecia o lema e algumas músicas, além de imitar as roupas dos autênticos escoteiros.

A turma, contudo, depois do inusitado aparecimento do macaquinho, estava muito interessada em começar uma nova brincadeira.

– Quero aprender a fazer uma fogueira – pediu Taquinho.

– Quero aprender a desmanchar nó! – disse Zazá.

– E eu quero aprender a dar o nó de marinheiro! – falou Jadico, já com ar de zombaria, misturando de propósito as especialidades dos escoteiros com as dos marujos.

– Os escoteiros gostam de contar e ouvir histórias, não é mesmo, Gumercindo? – interveio dona Dolores.

– Isso mesmo! Adoram! – falou o motorista, que começava a ficar sem graça.

– Mas só gostam de contar histórias em volta de uma fogueira! – insinuou Lucas Lauro.

– Gente, é muito perigoso fazer uma fogueira no meio da mata – objetou Lica.

– Só que estamos numa clareira! – Lucas Lauro não se deu por vencido.

– Pitangas! – gritou Taquinho, ao descobrir uma árvore cheinha de frutas.

– Oba! – disse Nenenha, já se levantando da roda que mal tinha sido formada.

A maioria da garotada se animou a procurar e a comer as frutas. Havia mais pitangueiras, atrás da primeira. Dona Dolores acompanhou o súbito piquenique daqueles que, interessados, correram para as árvores.

Alguns, no entanto, se mostraram indiferentes: Naná, Pimba, Úrsula e Gigi. A diretora achou que não haveria problema deixá-los para trás. Gumercindo estava com eles.

• • •

As pitangueiras um pouco mais afastadas da beira da estrada tinham muito mais frutas, bem mais vermelhas. E muito mais saborosas, como comprovou rapidamente Nenenha.

– Como estão docinhas! – constatou Nini.

– Docinhas e um pouco azedinhas – completou Íris.

E lá se foram, pelo mato, seguidos pela diretora, convencida a provar as pitangas. Atrás deles, despercebido mas curioso, vinha o macaquinho.

As araras também se aproximaram para saber que agitação era aquela. Voando em torno, começaram a fazer mais barulho do que a meninada. Algumas chegaram a disputar as frutinhas, porém a diretora aconselhou que deixassem as mais altas para os pássaros.

– Elas acham que são as donas do pedaço... Como são folgadas! – protestou Nenenha.

– Xô! Vão embora! – Jadico começou a provocar o bando.

Sem querer criar confusão, Charles convenceu os amigos a deixar aquelas árvores para as aves, pois, um pouco além, havia mais pitangueiras. Niquinho e Taquinho logo caminharam para lá, seguidos pelos demais.

Assim, foram cada vez mais para longe. O macaquinho ia bem atrás, até um ponto em que parou, coçou a cabeça e recuou. Preferiu subir em uma árvore mais alta e mais cheia de folhas, onde instalou seu ponto de observação.

As pitangueiras não ficavam todas juntas, mas dispersas entre outras árvores e, numa delas, da mesma espécie daquela em que se abrigara o mico, Charles percebeu um ninho, forrado de papel.

Lica ficou bastante nervosa, porque o ninho era feito com imagens de anjos, e ela reconheceu as lembranças que tinha oferecido aos colegas de sua prima.

Desta vez foi Íris quem começou a coçar a cabeça. Aquelas imagens impressas, mesmo sujas e amassadas, a faziam se lembrar vagamente de algo.

A pedido de Lica, Taquinho e Niquinho subiram pelos galhos da árvore e recolheram os anjos.

• • •

Gumercindo, depois de tirar o boné e o examinar mais uma vez, desconsolado com a avaria no pompom, tornou a colocá-lo, mas com a sensação de que já não era o seu. Ele deveria estar usando o boné cáqui, porém ficou com medo de perdê-lo. Um vento frio e repentino começou a soprar por trás deles.

Úrsula percebeu que o carocinho na perna de seu irmão, apesar de menor, estava muito vermelho. Ela mostrou para Pimba, que, impressionado, teve a sensação de que o tornozelo voltava a coçar.

O vento levantou um pouco de poeira do chão, o que fez com que Gigi recomeçasse a tossir.

– Aquela pena ainda está no seu bolso? – Naná perguntou a Úrsula.

A menina não se lembrava, mas revirou o bolso e lá do fundo retirou a pluma de arara-azul. O vento a tomou de sua mão e fez a pluma dançar na frente de todos, logo rodopiando em volta dos cinco.

– Está ficando bem frio – percebeu Gigi, fechando os olhos por causa da poeira que subia da terra varrida pela ventania.

Gumercindo agarrou o chapéu, para não ficar outra vez sem ele. Pimba deu um pulo para frente. Uma fileira de formigas vinha em sua direção, enfrentando o vento que quase as desequilibrava, e ele não queria ser mordido de novo.

Foi a vez de Naná sentir o braço coçando. Então a pena azul se aproximou de Úrsula e começou a fazer cócegas em seu nariz, e ela logo estava espirrando.

Passados alguns segundos, estavam todos espirrando por causa da pena, que fazia cócegas no nariz de todos. Gumercindo tentou agarrá-la, mas ela escapou de seus dedos. O descuido dele foi fatal porque o boné de marinheiro voou, dentro de um redemoinho.

– Me ajudem a pegar, por favor! – pediu às crianças.

A turminha saiu correndo atrás do chapéu, justamente pelo caminho de troncos soltos que levava ao mangue. O vento, ainda frio, foi diminuindo. Eles viram o chapéu ultrapassar o último tronco semienterrado na terra amolecida e rolar pela ponte sobre o riacho até parar do outro lado.

Gumercindo não sabia o que fazer, pois se lembrou de que não deveriam atravessar pelas ripas velhas de madeira que sustentavam a ponte. Mas, sem falar nada aos outros, Naná tomou impulso e correu para pegar o chapéu. Da outra margem, viram que ela se abaixou, porém não a viram se levantar. Então, sem refletir, Gigi, Gumercindo, Úrsula e Pimba atravessaram a ponte, que não parecia podre, nem a ponto de desabar.

• • •

Lica, que tinha uma bolsa igual à de Nenenha, guardou nela os anjos, e então se viu sozinha, pois Taquinho e Niquinho correram para o mato, atrás de mais pitangas. Ela gritou para que a esperassem. Queria, aliás, que voltassem para a estrada. Não era nada prudente se afastarem tanto, por mais que aquelas frutas parecessem irresistíveis. Da copa das árvores, pulando de um galho para outro, o macaquinho ia atrás da menina, a mais afastada da turma.

Uma arara passou zunindo sobre a cabeça de Lucas Lauro. Parecia que não queria que ele tocasse naquela árvore em especial. Convencido por Íris e Charles a não insistir, o menino seguiu em frente, mas as pitangueiras escasseavam. Jadico, porém, descobriu outra, a mais carregada de todas, e rumou em sua direção, assobiando para que o resto da turma o seguisse.

As crianças foram atrás dele, bem perto umas das outras, porque a diretora não queria que perdessem o contato visual. Jadico então comentou que as frutas, em vez de se mostrarem mais próximas, pareciam cada vez mais distantes.

– Que esquisito! – murmurou Zazá.

Ela foi andando até chegar mais perto de Cacau. Precisava comentar com ele que aquilo não tinha nada de normal, mas o menino não se importou com a presença dela, pois achou uma trilha que, fazendo um desvio, deveria levar à desejada pitangueira. E lá foi ele, tomando a frente de todos.

A trilha certamente conduzia a algum lugar, e o tempo todo eles entreviam a árvore que procuravam, sem terem certeza, porém, se ela realmente estava mais perto. Lica tinha vontade de chamar o pessoal de volta, mas, de repente, não se lembrava do que queria dizer. Ao seu lado, Nenenha murmurava que aquelas frutas, tão lindas, estavam dando água na boca. E os outros concordavam. Até Zazá já não se importava mais com o fato de estar dando uma volta atrás da outra. Nini ficou para trás, lutando contra uma vaga ideia de que poderia estar fazendo algo que não deveria.

Foi então que perceberam o final da trilha. Ela dava numa cabana de madeira, cercada de pés de pitanga. Íris logo pensou na cabana da bruxa de *João e Maria*. Ficou ainda mais convencida de que estavam numa situação quase igual à dos irmãos da história, quando constatou que o caminho que tinham seguido havia desaparecido e o mato que atravessaram parecia ter encorpado. Os arbustos estavam muito mais juntos, seus galhos se entrelaçavam e não permitiam mais ver o lugar que tinham deixado para trás.

Ela engoliu em seco quando entendeu que, do mesmo modo que os personagens do conto de fadas, a turma tinha se perdido.

• • •

Mais de um minuto se passou, e Gumercindo, Gigi, Pimba e Úrsula não conseguiram avistar Naná naquele ambiente diferente, com arbustos esparsos dividindo o solo enlameado e escuro com raízes que se espalhavam sobre a superfície.

– Ei, Naná! – os quatro gritaram, sem que ouvissem qualquer resposta.

O motorista se lembrou de quando teve de procurar a mesma menina em outra excursão. Ela havia levado um tombo no meio do parque ecológico e desmaiou. Muito assustado, ao voltar em plena noite a um lugar completamente deserto, Gumercindo também

chegou a ficar desacordado por algum tempo. E não é que já estava ficando tonto? Ele se beliscava, tentando se manter consciente, pois precisava procurar Naná. Ela não podia desaparecer assim, tinha que estar por perto. Gumercindo pretendia, a qualquer custo, permanecer bem desperto. No entanto, tudo parecia duplicado e embaçado.

Gigi percebeu que o boné de marinheiro estava quase a seu alcance e se dispôs a agarrá-lo, porém ele brincava com a vontade dela. Ora parava, ora se afastava, mas pelo menos ia no rumo oposto ao do terreno pantanoso, para perto de umas pedras em que o chão era mais duro.

Pimba e Úrsula se perguntavam como Naná tinha desaparecido, se havia apenas se abaixado para pegar o boné. O menino, depois de uma rápida olhada no que Gigi fazia, sentiu uma aflição súbita.

– Gigi, não toque nisso! – Pimba gritou.

Úrsula entendeu o perigo e repetiu o pedido do irmão.

Gigi foi adiante assim mesmo, afinal estava muito intrigada com aquele boné que sumia e reaparecia rodopiando à sua frente.

– Faça ela parar! – Pimba gritou para Gumercindo intervir, mas ficou espantado ao vê-lo cai-não-cai, oscilando no mesmo lugar.

– Firme aí! – Úrsula correu para perto do homem e fez com que se sentasse no tronco de uma árvore, derrubada talvez pelo vento ou pela chuva.

Pimba foi sozinho atrás de Gigi, pedindo a ela que o esperasse. A menina estava quase atingindo seu objetivo, entretanto foi surpreendida por uma nova investida do vento, que afastou de uma vez o famoso boné do falso marinheiro e o ergueu bem alto. Então, como se fosse um pássaro, o boné pousou a alguma distância bem na ponta de uma pedra.

Gigi e Pimba foram até lá, andando com cuidado, pois o chão, embora mais sólido, apresentava algumas pedras bastante pontudas. Assim que se aproximaram, perceberam que lá embaixo havia um precipício. A pedra com o chapéu era o último pedaço do lado de cá. Depois, só abismo.

Ao olhar para baixo, os dois acharam ter visto alguém. Mas tiveram de voltar, pois Úrsula os avisava que Gumercindo tinha perdido os sentidos.

• • •

A turma não estava apenas perdida. Estava cercada.

Íris era a única a olhar para trás, sem se mostrar atraída pelas frutas que deviam estar ali unicamente para iludir e trapacear. Como os doces no telhado da bruxa. Era a única a sentir que o mato, compacto, caminhava silenciosamente para mais perto, eliminando qualquer possibilidade de fuga. Não havia mais estrada por onde voltar. Todos os pontos de referência que algum deles poderia ter memorizado tinham desaparecido. Como os pedacinhos de pão na história de *João e Maria*.

Os outros – até ela, dona Dolores! – só tinham olhos para as pitangas que rodeavam a cabana. Fascinados, aproximavam-se das árvores, que começaram a se curvar, abaixando-se para oferecer seus frutos sedutores aos recém-chegados.

Íris, sem conseguir prevenir os colegas, decidiu chamar a atenção da diretora.

– Dona Dolores! Olhe para mim, por favor!

– Uma pitanga, Íris, prove uma só, olha que coisa mais doce...

– Eu não quero, não vou comer!

Então a menina deu um tapa na mão da diretora, cheia de frutas que caíram no chão e fizeram dona Dolores pular, pois as pitangas, ao tocarem suas pernas, quase queimavam.

– Não coma isso, dona Dolores!

Íris conseguiu que a mulher prestasse atenção nela. Puxando seu braço, fez com que cuspisse o que tinha na boca e olhasse para trás. A diretora soltou um grito. Viu uma verdadeira floresta bem às suas costas, quase arranhando seu ombro. Uma floresta cheia de cheiros fortes, de ruídos superpostos e muitas sombras que se derramavam por toda parte. Como se, de repente, a noite resolvesse cair.

Ela viu as frutas que as crianças estavam colhendo se transformarem em vaga-lumes, e aquelas luzes que tremiam, bailando no ar, atraíam seus alunos para mais perto da casa. Por mais que procurasse alertá-los, eles não a ouviam.

Um muro de cipós, que a fez se lembrar da última excursão de sua escola, a afastou definitivamente da turma. Íris e ela estavam impedidas de entrar na casa, separadas dos amigos. Ouviram um pequeno guincho, que dona Dolores procurou saber de onde vinha. Naquele espaço escuro, mal pôde reconhecer um par de olhos muito tristes, mas que também brilhavam, embora muito menos do que os vaga-lumes.

• • •

Pimba e Úrsula sacudiram em vão o motorista, que estava completamente atordoado. Mesmo naquele abatimento, ele se pôs a falar:

– Os índios estão sabendo...

– Sabendo de quê? – perguntou Úrsula.

– Da Naná...

Então veio à mente de Pimba o que tinha entrevisto lá embaixo, além do penhasco, onde havia uma praia e um pedaço de mar muito claros, sem a presença de algas. Alguém olhava para cima. Um jovem com um colar de penas azuis e quase nu.

– Índio?! – E virando-se para Gigi: – Você também viu?

A menina ia dizendo que não, mas refletiu melhor e achou que sim, poderia ter visto bem rapidamente um índio, apesar da distância. Só não entendia como Gumercindo, naquela situação, poderia ter tanta certeza de que por ali viviam índios.

Os três decidiram colocar o homem numa posição confortável e o deitaram num pedaço liso do chão. Pimba pediu às meninas que ficassem perto e prestassem atenção no que o motorista poderia dizer, se voltasse a falar.

Ele foi de novo para a beira do barranco. Aquele índio, caso continuasse por lá, bem que poderia ajudá-los. Mas, quando ainda faltava completar uma boa parte do percurso, o boné de marinheiro voltou a se movimentar e foi voando em sua direção. Teria acertado em seu peito, se Pimba não tivesse dado um pulo para o lado.

O boné deu várias voltas no ar e por um momento girou por cima de Gumercindo e das duas garotas. Pimba sentiu que deveria voltar para junto deles. Tinha a impressão de que o objeto finalmente pousaria, mas, de modo imprevisto, o boné voou na direção do mangue. O garoto sabia que não deveria pisar naquele terreno e permaneceu parado, enquanto Gumercindo voltava a falar:

– A maré...

– O que tem a maré? – quis saber Úrsula.

– Mudou de repente...

Pimba foi o primeiro a constatar que, mesmo desligado da realidade, o homem tinha razão. O mar, até então bem longe, ia chegando, ia subindo, por todos os lados.

Primeiro cobriu o mangue, depois chegou cada vez mais perto deles. Ao perceber seus tornozelos molhados, o menino sentiu uma ansiedade muito forte. Será que poderia, só com a ajuda da irmã e da amiga, cuidar de Gumercindo e impedir que ele se afogasse? Foi quando notou que o motorista estava boiando e uma onda o empurrava rumo ao penhasco.

• • •

Mesmo os olhos, que para dona Dolores eram do mico que a espiara de manhã, desapareceram nas sombras. Era uma noite muito estranha, certamente artificial, pois ainda deveria ser dia. As árvores ficaram quietas, não se moviam mais. Os ruídos diminuíam, os perfumes amainavam, porém ela tinha medo de pisar naquele chão, imaginando que bichos estariam rastejando perto de seus pés. Era possível perceber gritos indistintos de animais, e um cheiro levemente adocicado invadia o ar.

Foi Íris quem teve a ideia de subir por uns galhos que pareciam fortes o suficiente para suportar o peso de mais de uma pessoa. Dona Dolores concordou que era a única coisa a fazer. Logo as duas escalaram a mesma árvore.

Conseguiram se acomodar em uma posição bem alta. Ali, sentadas, era como se tivessem se instalado na plateia de um teatro. À frente delas, desenrolavam-se cenas impensáveis.

Uma luz esbranquiçada iluminava a cabana, contrastando com o pisca-pisca amarelado dos vaga-lumes. Viram uma porta que não tinham notado antes. Dona Dolores poderia jurar que até então ela não existia. Muito devagar, a porta foi se abrindo. Dentro da casa, outra luz, agora azulada, brotava de uma escuridão cerrada.

Íris e dona Dolores viram a turma se organizar espontaneamente numa fila, como se participasse de uma procissão. Alguns vaga-lumes, que poderiam ser confundidos com tochas bem minúsculas, se posicionaram diante de cada um deles.

Entravam todos na casa, sem que ninguém tivesse ido recebê-los. O primeiro foi Cacau, logo seguido de Zazá. Jadico e Lucas Lauro foram os seguintes, à frente de Niquinho e Taquinho. Charles foi precedido por Nenenha. A última a ser tragada pela luz azul foi Lica.

As crianças ali eram dez, se ela incluísse Íris, mas dona Dolores não percebeu que faltava alguém. Firmou bem a vista, no entanto, sem distinguir o que se passava lá dentro, pois estava realmente muito escuro. A porta foi então apagada da parede. Era como ela reparara no princípio: a cabana não tinha porta. Pelo menos não daquele lado.

Íris, falando muito baixo, conseguiu chamar a atenção da diretora. Havia, disfarçada no telhado, uma chaminé expelindo fumaça, também azul. Era de lá que vinha o cheiro adocicado que as envolvia.

• • •

Coriolano voltou para casa e deixou o binóculo sobre a mesa da cozinha. Comentou com a Tia, que acabava de lavar a louça, que, afinal, dois adultos eram suficientes para cuidar daquele número não muito grande de crianças. Além disso, dona Dolores e Gumercindo pareciam acostumados a controlar a meninada.

Suas netas também conheciam a ilha e não costumavam desobedecer às suas orientações. Confiava no fato de que elas não deixariam nenhum menino mais atrevido, como aqueles dois irmãos especialmente encapetados, desafiar as proibições estabelecidas por ele.

A mulher o olhou de lado e não disse nada, mas o velho percebeu que ela sacudia a cabeça.

– Você é o pessimismo em pessoa, criatura! – ele observou.

Já enxugando as mãos, a cigana resmungou qualquer coisa que Coriolano não se esforçou para entender. Cada um deixou a cozinha. Ele foi para a varanda, ela subiu para o sótão.

O dono da ilha sentiu a necessidade de observar o mar. Imaginou que as algas teriam começado a se afastar, porém novas levas chegavam, encobrindo a água, e se depositavam em camadas e mais camadas sobre a areia.

Coriolano Ramalho Brandão imediatamente pensou no silêncio emburrado da empregada. Talvez ele devesse se preocupar, sim, com o que pudesse estar acontecendo lá fora, mas pelo menos seus hóspedes tinham se afastado daquela praia que se tornara tão pouco convidativa.

Ele sabia que os chineses costumavam nadar com naturalidade no meio das algas e até colhiam aquela espécie de plantas do mar para comer. Diziam que as algas, quando ingeridas, fazem as pessoas viverem mais. No entanto, aquelas crianças não estavam preocupadas com a própria velhice nem achariam divertido brincar num ambiente tão feio. Afinal, quando chegaram, viram como o mar em volta da ilha estava claro, com águas limpas e agradáveis, embora às vezes um pouco frias. Mesmo assim, logo o sol as aqueceria e as crianças ficariam felizes.

No seu quartinho, a Tia espalhava sobre a cama as cartas de um baralho bastante usado, que ela tirou de dentro de um lenço amarrado no formato de uma trouxinha. Já ia acender o cachimbo, quando parou para virar uma carta. O fósforo aceso quase queimou seu dedo. Seus olhos manifestaram grande surpresa com o que a figura estampada naquele retângulo de papel queria dizer.

• • •

O mar começou a subir, arrastando galhos e folhas. A esperta Gigi logo pulou no tronco em que o motorista esteve sentado por alguns momentos e que flutuava diante dela. Úrsula não demorou a imitá-la e chamou Pimba, que, desolado, via Gumercindo deslizar rumo ao abismo.

As meninas tiveram que puxá-lo para cima daquela jangada tão primitiva. A corrente logo os colocou na mesma direção em que o homem seguia.

– Para lá não! – o menino gritou.

– Pelo menos a gente não vai se afogar – disse Gigi.

– Nem vamos deixar seu Gumercindo sozinho – observou Úrsula.

Os três viam o homem se aproximar e em seguida se afastar deles. Tinha os olhos fechados e a fisionomia tranquila. Parecia alguém se divertindo no mar.

– O boné! – Gigi notou.

O bonezinho também vinha sendo trazido pela água, passou por eles e se aproximou cada vez mais da cabeça do falso escoteiro e falso marinheiro.

Sem nada comentar um com o outro, os dois irmãos estavam pensando a mesma coisa. O motorista era um sujeito muito divertido, e Nini tinha razão de apreciar tanto a companhia dele.

Gigi foi a primeira a relaxar. Também fechou os olhos, sentindo a água envolvendo suas pernas e a brisa roçando seus cabelos e ombros. Por isso demorou a perceber que uma canoa vinha na direção deles.

Pimba reconheceu o índio que vira antes. Mas havia mais alguém na canoa.

– É a Naná, gente! – Úrsula gritou.

• • •

As nove crianças se reuniram dentro da casa, sentindo-se maravilhadas. As pitangas que comeram tinham um gosto intenso, e os vaga-lumes em que as outras frutinhas se transformaram eram tão surpreendentes... Elas ficaram ainda mais admiradas com a porta invisível se abrindo na cabana.

Não poderiam supor que lá dentro era tão grande! Tudo era iluminado por uma luz azul que não vinha nem de lâmpadas nem de velas. Cacau foi quem descobriu que ela se originava de uma lareira. Uma lareira de chamas azuis. Os outros também viram o mesmo fogo estranho, mas foi só isso que seus olhos viram juntos.

Alguns pisavam um chão de pedra, outros pisavam ladrilhos coloridos. Havia quem se deslocasse sobre macios tapetes e quem caminhasse sobre espelhos.

Niquinho perguntou a Taquinho o que ele estava achando daquele aquário imenso, com milhares de cavalos-marinhos, mas o que o amigo via à sua frente era uma carruagem puxada por cavalos brancos.

Jadico estranhava o desfile de anões com lamparinas e picaretas, enquanto Lucas Lauro sorria ao ver as piruetas de um batalhão de bobos da corte. Zazá perguntava a Cacau o que ele achava da árvore imensa no meio do salão, na qual tábuas enormes faziam as vezes de degraus. Seria o acesso à casa de um gigante? Cacau também olhava para cima e percebia que a casa em que estavam não tinha teto. Mas que pássaros estranhos voavam lá no alto?

Nenenha descobriu um guarda-roupa. Dentro dele, vestidos de princesa. Lica catava penas douradas no chão. Só poderiam pertencer aos anjos.

Charles viu uma passagem aberta numa das paredes. Um corredor que levava a uma espécie de labirinto. O menino caminhou entre prateleiras cheias de livros empoeirados. Um volume caiu a seus pés e se abriu, permitindo a leitura destas palavras: “Chamam de mundo do faz de conta, mas representa um lugar fora do tempo habitual. Nele vivemos as experiências mais empolgantes e extraordinárias”.

• • •

A Tia desistiu de fumar e jogou longe o fósforo queimado. Estava segurando a carta mais disparatada que podia existir naquele baralho, justamente a que correspondia ao zero.

Nela havia o desenho de um homem chegando ao final do caminho, que dava num abismo. O nome da carta era "O louco". Para a cigana, só podia ser alguém muito, muito imprudente, que se aventurava por onde não deveria ir, até se ver cara a cara com o perigo.

Mas quem era o homem que a imagem representava? Coriolano? Aceitar tanta gente na ilha só por causa do aniversário da neta era um sinal de falta de lucidez de seu patrão. Aquele era um lugar mal-afamado, ele estava cansado de saber, um lugar que os moradores mais próximos evitavam. E não era porque havia perigos no mangue ou nos caminhos malcuidados.

As histórias que as pessoas daquele litoral viviam contando só falavam de lembranças ruins. No passado, a ilha costumava ficar infestada de bandidos. Durante certa época, piratas escravizaram os índios para que derrubassem pau-brasil – árvores valiosas, usadas na produção de tintas que coloriam os tecidos mais caros então existentes. Mais tarde, o lugar foi utilizado para o desembarque clandestino de africanos contrabandeados como escravos para trabalhar nas lavouras de cana e depois de café, numa travessia tão penosa que muitos chegavam quase mortos. E ainda, prenderam ali pessoas doentes para que não contaminassem, com sua enfermidade deformante, os habitantes sadios das vilas próximas.

A Tia pensava na lenda do portal, que os pescadores mais antigos afirmavam que existia em alguma parte oculta da Ilha do Tempo Perdido. Se esse portal fosse aberto, todas as dores do passado o atravessariam e invadiriam cada pedacinho de praia.

Aquelas algas não seriam o primeiro sinal? O portal estava para ser aberto? Todos que estivessem por perto, dizia a lenda, seriam afetados pela tristeza acumulada em séculos pelas vítimas de tamanhas torturas. Um desejo guardado de vingança e um rancor inesgotável se espalhariam no ar como se fossem o vírus de uma doença arrasadora.

Ela tinha de descer e avisar Coriolano. Alguma coisa estava para acontecer. Ele teria tempo de impedir? Então ela pensou no outro homem, o que perdera o chapéu. E se fosse ele quem a carta retratava? Desde o primeiro momento ela o achou muito bobo. Entre bobo e louco, a diferença não era muito grande... Por onde estaria, levando junto um bando de crianças, sem noção nenhuma dos perigos da ilha?

Antes de descer, tirou outra carta do baralho. Nessa, uma mulher abria a boca de um leão, demonstrando muita coragem. Chamada de "A força", seu número era o 11. Para a cigana, significava alguém enfrentando o próprio medo. Mas a quem a imagem se referia? A ela? Talvez a alguma criança? Ou à outra mulher, a que veio com a garotada, a responsável pelos forasteiros desembarcados de uma só vez?

A diretora seria mesmo a pessoa que representava a coragem? Ou na verdade era ela a louca, arrastando, com seu motorista, inocentes para o abismo? A Tia não era muito de pensar e as cartas podiam ser confusas. Era muito mais uma pessoa sensitiva, que confiava nas premonições. E estava farejando o perigo. Os sinais não estavam unicamente nas cartas, mas também naquele céu encoberto e no mar tão sujo.

• • •

Com a ajuda de Naná, o índio puxou todos que estavam em cima do tronco para dentro da canoa. Ninguém teve tempo de perguntar à menina o que ela estava fazendo ali, porque Naná logo elogiou a pena azul no cabelo de Úrsula, que acabou constatando que estava mesmo enfeitada com uma, contudo sem imaginar como a pena fora parar ali.

Pimba se certificou de que não havia nenhuma formiga a bordo, enquanto Gigi se sentia feliz por estar longe da terra, pois assim não tinha como engolir mais poeira. Quase ao mesmo tempo examinaram o pulso de Naná e viram, com alívio, que a marca no braço já estava desaparecendo.

O índio sorria para todos, e os resgatados se sentiram mais confiantes. Gigi pôde pedir à colega uma explicação para a questão que a deixava curiosa:

– O que você está fazendo nessa canoa?

– Nossa, Gigi! Eu... tenho que me lembrar!

– Faça uma força! Você simplesmente desapareceu do outro lado da ponte! Quando chegamos lá, não havia o menor sinal seu.

Em vez de se esforçar para achar a resposta, ela também quis um esclarecimento para algo que tinha achado muito estranho:

– E o que vocês estavam fazendo naquele tronco, Gigi?

– Nós subimos nele quando a água veio inundando tudo! Era o único jeito de a gente se salvar.

– E deixaram seu Gumercindo de fora?

– É que ele ficou boiando, tranquilamente. Só que ele está desmaiado...

Nesse momento, com a ponta do remo, o índio pescou o famoso boné de marinheiro e o colocou nas mãos de Naná. Os meninos então pediram a ele que salvasse o motorista. Mas o mar estava carregando Gumercindo para longe. O índio os acalmou, falando que a correnteza na verdade o estava empurrando para uma ilha.

Foi quando apareceu a ilhazinha com algumas árvores e um coqueiro, em volta do qual voavam araras. O índio e Naná remaram para lá. Ali não havia algas, e seu Gumercindo foi suavemente depositado na areia.

Ao desembarcar, Naná entregou o boné para o índio, para que suas duas mãos ficassem livres. Não queria cair outra vez na água. Ele teve de colocar em si próprio o boné para ajudar a garota a descer, já que ela praticamente estava com os pés na areia. E parecia que ele tinha certa autoridade sobre os pássaros. Nenhuma arara veio roubar o chapéu nem bicar o que restava do pompom vermelho.

• • •

Charles se sentou por ali e puxou o livro para mais perto. Ficou sabendo, à medida que o lia, que o tempo tinha muitas dimensões e, numa delas, o mundo tinha um lado mais delicado e fugidio. Nele, as coisas não só se desmanchavam muito rápido, como se transformavam em várias outras. Tudo tinha a duração e a consistência das imagens sonhadas.

Naquela dimensão, cada um se ocupava da própria aventura, e quem ali se movimentasse com confiança não enfrentaria tantas dificuldades, pois ali também existem experiências de desentendimento ou de desânimo, mas principalmente de angústia. Nessas, escondem-se as ciladas.

O menino descobriu que o livro tinha muitos capítulos e o folheou rapidamente. Algumas folhas podiam se transformar em espelhos. Olhando com atenção para eles, via o que se passava às suas costas. Os espelhos deixavam ver pedaços dos sonhos alheios.

Num deles, percebeu Jadico voltar correndo da mina por onde desapareceram os anões, pois lá dentro lhe faltava o ar e ele começava a se sentir sufocado. Em outro, os bobos da corte riam de Lucas Lauro, porque ele tinha caído ao tentar imitá-los, agora não conseguia se levantar e ninguém se dispunha a ajudá-lo. Viu Cacau e Zazá tentando fugir, sem sair do lugar, enquanto um gigante descia da árvore, fazendo tremer o chão, ao mesmo tempo que um pássaro enorme saía em perseguição às duas crianças, que gritavam de medo.

Preso no aquário, Niquinho não podia sair, exausto de tanto nadar. Tendo subido na carruagem, Taquinho não conseguia frear a disparada cega dos cavalos brancos que corriam para dentro de uma noite sem lua e sem estrelas.

Nenenha experimentava um vestido atrás do outro, porém, assim que os colocava, eles se rasgavam e ela ficava em farrapos. Lica, com as mãos cheias de penas, corria de um lado para o outro à procura dos anjos. Por mais que chamasse, nenhum aparecia, e ela se sentia abandonada e sozinha.

Charles quis fechar o livro, mas sentiu que sua mão era empurrada para trás e, de dentro daquelas páginas, ele mesmo pulou à sua frente. E o menino que era ele próprio lhe perguntou se algum dia ele entenderia por que tinha entrado naquele labirinto. Olhando ao redor, viu as estantes se espalhando para bem longe. O labirinto se desmanchava, no entanto levava junto a biblioteca e os livros nos quais ele poderia aprender mais coisas.

Cada vez mais afastado, seu sósia lhe fazia caretas, e não adiantava gritar, pois o outro já não o ouvia.

• • •

Do lado de fora, dona Dolores escutava animadas conversas no interior da casa. Tinha imensa curiosidade em verificar o que se passava lá dentro, mas sabia que não poderia entrar. Então sentiu que a fumaça vindo da chaminé se transformava em uma nuvem em volta dela e de Íris. Aquele cheirinho doce lhe dava sono, muito sono. Fez força para se manter acordada, porém viu sua aluna cabeceando, ficando molinha, a ponto de cair da árvore.

– Não durma! – pediu a Íris, porém talvez fosse tarde.

Só que a garota não caiu lá do alto; em vez disso, desceu pelo tronco com a agilidade de um gato, embora seus olhos muito abertos não se fixassem em nada. De repente não estava tão escuro. Uma claridade mortiça envolvia o lugar. Dona Dolores, bocejando, desceu pelos galhos, aos trancos e barrancos, e caiu ajoelhada no chão.

Íris, cheia de confiança, começou a empurrar os cipós, que não resistiam à pressão de suas mãos, e passou tranquilamente entre as lianas. A diretora entendeu que ela agia dentro de seu sonambulismo. Tentou fazer igual e conseguiu afastar os obstáculos do caminho. Andando atrás da menina, aproximou-se da casa. Esperou que a porta se abrisse, mas Íris preferiu contornar a construção, no que foi mais uma vez seguida por dona Dolores.

Chegaram ao outro lado. Era também uma parede cega. Mas a menina se colou a ela, mantendo-se de frente e fechando um dos olhos.

Diante do olho aberto, havia um buraco, por onde podia espiar. Dona Dolores a imitou. Colou-se à parede de madeira. A princípio não viu nada, no entanto, assim que fechou um dos olhos, enxergou algo lá dentro.

Perguntou à menina se estariam vendo a mesma coisa. Íris respondeu que não, porque estava dormindo e cada pessoa tem seu próprio sonho. Dona Dolores então entendeu que ela mesma estava sonhando e fixou o olho aberto na imagem ainda difusa que se mostrava daquele lado da casa. Havia uma única pessoa ali dentro. E não era nenhum dos dez alunos que a diretora tinha contado antes. Era Nini, sentada sozinha diante de uma mesa enorme, coberta de doces de aniversário.

• • •

A Tia desceu do sótão e saiu da casa pela porta da cozinha. Um pouco à frente, parado num ponto mais alto no começo do caminho, Coriolano usava o binóculo. Ele se arrependia de não ter acompanhado o grupo. Por isso tentava localizar o pessoal, mas não via ninguém se deslocando pela ilha.

– Não adianta nada espiar de longe! – ela falou por trás dele, que se assustou com a aparição inesperada.

A cigana chegou mais perto e lhe dirigiu um olhar de desafio.

– O que foi, mulher?

– E eu preciso dizer?

– Precisa, eu não gosto que você fique jogando as coisas no ar. Fale logo, Tia!

– Você não acredita na lenda do portal...

– Você mesma está dizendo: lenda! Lenda não passa de história, de fantasia...

– Mas eu também consultei meu baralho!

– Aquele baralho maluco, com uns desenhos sem pé nem cabeça?

– Sem pé nem cabeça para quem não entende!

As araras passaram, fazendo algazarra e imitando as vozes dos dois, o que deixou o homem mais irritado do que já estava. Ela continuou com a provocação:

– Você não acha estranho as araras tanto tempo na ilha? Elas nunca se demoraram desse jeito. E essas algas todas sujando o mar e a areia? Em vez de olhar para tão longe, por que não olha para o que está acima da sua cabeça?

Ele observou como as nuvens, além de cobrir todo o céu, estavam cada vez mais baixas. O dia estava ficando escuro bem antes da hora.

– Você vai deixar suas netas por aí em um dia assim?

– Você me convenceu, cigana!

Coriolano se pôs em marcha à procura da turma. A Tia foi atrás. Caminharam, com um passo rápido, até a clareira, sem encontrar ninguém, a não ser um mico muito agitado que pulava diante deles.

• • •

Dona Dolores não entendeu como Nini tinha entrado na casa. Ela não viu como nem quando a garotinha entrou. Eram tantas crianças, embora algumas tivessem ficado na clareira na companhia de Gumercindo, que ela havia mesmo se esquecido daquela aluna.

Pois Nini estava ali, tão sozinha, com uma mesa posta para um número bem grande de convidados. Mas não parecia incomodada, estava certa de que viria alguém. Então se encaminhou até uma porta que não fora percebida pela diretora e a abriu. Por ela entrou uma menininha que parecia ter saído de um filme antigo.

Dentro da cabana, em torno de Nini, tudo era colorido: os móveis, a louça, os talheres e a toalha sobre a mesa, os doces, as cadeiras. Em torno da convidada tudo era preto e branco ou cinzento: o pedaço de chão que ela pisava, os objetos que ela tocava.

Nini disse que nunca fora à escola em que a outra menina estudou. Tampouco havia comido sopa de peixe e sorvete de abacate e brincado com Divino, Cacilda e Genoveva.

– Essa menina sou eu? – dona Dolores se perguntou, ao se lembrar de que aqueles eram os nomes de três colegas que ela tivera quando bem jovem e com os quais havia encontrado quando foi com a turma até a Casa da Neblina. Como a menina colorida poderia saber da vida em preto e branco da que se vestia com um figurino fora de moda?

– Isso acontece nos sonhos – ouviu uma voz ao seu lado, que não pôde identificar de imediato.

– Não, não acontece – respondeu. – Os sonhos não são desse jeito! Quem visita nossos sonhos não tem como saber de detalhes da vida da gente, detalhes que não poderiam conhecer!

– Como você pode ter certeza? Por que nos sonhos deveria haver regras?

Dona Dolores achou que o comentário tinha lá sua lógica; refletiu sobre o mundo dos sonhos e concluiu que deveria ser mesmo muito vasto. Reconheceu, então, a voz que conversava com ela. Era de Íris, a garota cujos sonhos deveriam ser diferentes, pois, parecendo acordada, ela ainda sonhava.

A pequena visitante desapareceu. Dona Dolores sentiu grande saudade da menina que ela tinha sido, mas lamentou, principalmente, que Nini voltasse a ficar sozinha. Onde estariam todos os outros?

• • •

Depois de olhar durante certo tempo para o rosto do índio, Gigi disse a ele:

– Como você se parece com o seu Gumercindo! Ainda mais usando esse boné de marinheiro...

– É mesmo... – Úrsula e Pimba concordaram.

Naná pensou que o rapaz poderia ser filho do motorista.

– Ele não vai acordar? – Pimba perguntou ao índio, apontando para o corpo ainda deitado e imóvel na praia.

O rapaz tirou a canoa da água e a empurrou para a areia. Pediu às crianças que o ajudassem a carregar Gumercindo para dentro do barco e, sozinho, correu para um monte de pedras, onde, quase se arrastando, entrou numa espécie de gruta muito baixa. De lá voltou com uma cuia cheia de folhas e com um chocalho. Trouxe também quatro penas coloridas – uma vermelha, uma amarela, uma verde e uma branca –, bem diferentes das de seu colar de plumas azuis.

Pediu a Pimba que ficasse aos pés do motorista, colocou Úrsula de um lado e Gigi do outro, e ele ficou junto à cabeça, por trás de Naná, todos do lado de fora da canoa. Jogou algumas folhas sobre o corpo desfalecido. Outras folhas ele mascava e cuspia no chão. Pediu que cada criança soprasse para longe a pluma colorida que lhes fora entregue. Depois começou a tocar seu chocalho, enfeitado com penas das mesmas cores.

O índio cantou alguma coisa sobre manter fechada uma porta que não devia ser aberta. Com uma varinha que ele mesmo havia feito, tirando as folhas de um galho, marcou um xis no chão. Tirou o boné e o depositou sobre a marca que acabara de desenhar. Fez com que as crianças se afastassem. Empurrou sozinho a canoa de volta para a água e depois saltou para dentro dela, pondo-se a remar em seguida.

– Ele vai nos largar aqui? – Úrsula choramingou.

• • •

Charles lamentou que a biblioteca tivesse se desmanchado. Sem a ajuda dos livros, ficaria difícil entender o que estava acontecendo. Descobriu que não havia mais nada à sua volta. O interior da cabana não passava de um espaço pequeno e vazio. Só lhe restava olhar para a luz que saía da lareira e que tanto chamava sua atenção. Seus colegas se aproximaram e todos se sentaram com ele diante do fogo.

Foi quando viram que alguma coisa estava acontecendo por trás das chamas. Naquele outro lado, Nini brincava sozinha com talheres e pratos vazios. Relativamente afastadas, duas silhuetas de pé e em silêncio olhavam para a menina. Eram muito parecidas com Íris e dona Dolores.

– Eu quero sair daqui! – falou Nenenha.

– Calma! Não fique assim! – disse Lica.

– Mas como nós vamos fazer? – Zazá perguntou.

– Acho que a gente se deu mal! – Jadico observou.

– A gente se danou! – falou Niquinho.

– Tem que existir uma saída! – discordou Taquinho.

– Vamos arrebentar a parede, já que aqui não tem porta – propôs Lucas Lauro.

– Vamos cavar um buraco no chão e fugir por ele – sugeriu Cacau.

Do outro lado, Nini cantava displicentemente, quando olhou para as primas e os amigos e acenou para eles. Todos acenaram de volta. Veio a esperança de que ela poderia lhes mostrar como sair dali para que fossem para perto dela. Então viram as duas figuras ao fundo se aproximando e não tiveram mais dúvidas de que eram Íris e a diretora. Elas tentaram chegar perto de Nini, mas não conseguiram ir adiante. Alguma coisa as paralisou.

Para Charles, estavam todos presos. Olhou para seus companheiros e sentiu medo na expressão de cada um, menos na de Lica, que apontava para o fogo azul que se agitava e criava um balanço diferente, como se na verdade fosse água. Uma canoa apareceu ali no meio. Eles perceberam alguém remando.

– Seu Gumercindo! – Nenenha o reconheceu antes dos outros.

Ele estava sem o boné de marinheiro. Não cantava nada. Só tinha o rosto pintado com tinta vermelha e preta e usava, sobre a fantasia de escoteiro, um colar de penas de araras-azuis.

• • •

Além de Úrsula, Gigi também estava nervosa. Duas araras pousaram a poucos centímetros dela. A menina desconfiou que as aves queriam bicá-la. Ficou mais convencida disso quando elas chegaram ainda mais perto, as penas do pescoço bem arrepiadas.

– Xô! – Pimba começou a enxotar os pássaros, ajudado por Naná.

– O que será que elas querem comigo? – perguntou Gigi.

– É melhor você sair de perto dessa árvore. – Foi Úrsula quem notou que havia um oco naquele tronco, escondendo alguns ovos protegidos por lascas de madeira, muito perto do local em que sua amiga se apoiava. Só podiam ser ovos de arara.

Gigi logo se afastou, reconfortada por não ser mais perseguida, quando Naná perguntou como fariam para deixar a ilha. Não alimentava nenhuma esperança de que alguém viesse resgatá-los.

Naná e Pimba resolveram explorar o espaço e se separaram em busca de alguma solução. Úrsula, a mais medrosa, não desgrudava de Gigi, que notou que pelo menos eles estavam livres das algas. A gêmea de Pimba concordou que o mar e a praia limpos seriam um presságio positivo naquele dia cheio de nuvens escuras escondendo o céu.

Pimba olhava para o horizonte e só enxergava água. Não sabia mais em que direção se situava a Ilha do Tempo Perdido.

Foi Naná quem, tentando contornar a ilhota, descobriu outra canoa, disfarçada atrás de um arbusto. Junto à embarcação, encontrou dois remos, e ela não teve dúvida de que deveriam usá-la.

Úrsula achou melhor esperar pelo índio e pelo motorista, mas Gigi concordou com Naná. Não deviam desprezar a chance de ir embora de uma vez. As três meninas olharam para Pimba, cobrando uma opinião do garoto.

Sem saber o que decidir, ele catou da areia uma das penas usadas na cerimônia em que o índio tinha tratado Gumercindo. Era a pena branca, e ele a soprou no ar. Se caísse na terra, ficariam esperando. Se fosse para o mar, tomariam o barco, rumando na direção que a pena indicasse.

Gigi foi a única a estranhar a atitude. Por que confiar na sorte ou no azar? Mas Naná e Úrsula apoiaram, entusiasmadas, a solução proposta.

A pluma branca foi conduzida pelo vento. Fez que ia cair no chão, porém tomou o rumo do mar. Os quatro embarcaram às pressas, de olho nela. Era difícil acompanhá-la, flutuando conforme o movimento da água.

O barco seguiu o rumo sugerido pela pena. Pimba e Naná remavam, enquanto Gigi e Úrsula permaneciam atentas àquele cisco branco sobre o tapete líquido.

Viram um barco se aproximar, mas ele pouco a pouco revelou um formato muito estranho. Era uma casinha de madeira à deriva no oceano.

• • •

Coriolano Ramalho Brandão estava mesmo intrigado com várias coisas. A invasão das algas era um evento muito raro, assim como era inesperada a presença das araras por tanto tempo, a menos que elas tivessem decidido se reproduzir na ilha. E isso seria bastante favorável, diante dos boatos da existência de energias negativas circulando no lugar. Por isso ele tinha medo de que os hóspedes descobrissem a única ruína existente na ilha, não mais que os restos de paredes de pedras desabando diante do riacho que, ao se lançar nas águas salgadas, formava o mangue mais adiante.

Era o que restava da construção primitiva que abrigara pessoas doentes e segregadas, pois elas sofriam de um mal contagioso cujo tratamento só foi descoberto bem mais tarde. Essa história desvalorizava sua ilha, ao evocar um tempo perdido que ele queria que fosse definitivamente esquecido tanto quanto as incursões dos contrabandistas de pau-brasil ou de trabalhadores escravos. O tempo haveria de terminar sua obra, quando a vegetação que já se instalara em volta da ruína acabasse de crescer e encobrisse os últimos vestígios da casa.

Sabia que o mangue não era tão perigoso, no máximo poderia sujar com sua lama escura as roupas de algum distraído. A ponte de madeira não estava em situação tão precária, nem o caminho de troncos sobre o pedaço mais alagadiço do terreno. Na verdade, era ele quem não queria ninguém passeando por aquela parte.

Coriolano não suportava a existência das ruínas se dissolvendo na natureza e preferia que ninguém as encontrasse. Tinha certeza de que não havia nenhum fantasma habitando a ilha, por mais que dissessem que um índio solitário costumava pescar nas suas águas. Há pelo menos dois séculos não havia índios por ali.

Mas o povo das proximidades adorava histórias e inventava assombrações de índios ou africanos maltratados, quando não dos tristes habitantes do leprosário. Por isso ninguém gostava de trabalhar em sua casa, a não ser a Tia, que exibia um verdadeiro prazer em conviver com as lendas. Pois não é que ela tinha conseguido deixá-lo perturbado?

O mico, que Coriolano não esperava encontrar ali e que já tinha visto outras vezes, estava muito agitado. Seria por nunca ter visto tanta gente junta? E onde estaria essa gente? Ele decidiu confrontar a cigana:

– E agora, Tia?

Ela, olhando para o macaquinho tão descontrolado, só se lembrava das duas cartas do baralho. "O louco", andando por onde não devia. "A força", mostrando alguém capaz de enfrentar e vencer os perigos. O que aquele bichinho poderia ter visto?

• • •

– Não vamos perder a pena de vista! – falou Úrsula.

– Mas ela está indo na direção daquele barco... daquela casa flutuante... – Gigi se assustou.

Pimba e Naná pararam de remar. Iam tentar uma mudança de rota, mas a força das águas não permitiu. Teriam de torcer para o barquinho não colidir com a grande cabana de madeira que perigosamente se acercava deles.

Naná continuou olhando para o pontinho branco pairando sobre uma massa de água cada vez mais escura, que chamou sua atenção. Talvez fosse um recife, uma ilha de coral, um banco de areia emergindo. Alguma coisa havia, felizmente, entre os dois objetos que se moviam, atraídos um pelo outro.

– Nós vamos nos arrebentar! – gritou Pimba, apenas vendo a casinha ficar cada vez maior.

– Não, gente! A casa vai encalhar! – disse Naná, com muita confiança.

A própria canoa que as crianças ocupavam se prendeu nas reentrâncias de um chão que subitamente aflorava no mar. Bem diante deles, a tal casa atracou. Surpreendentemente, ela não tinha porta, e uma janela que ninguém notara apareceu lá no alto.

Alguém abriu a janela. Um rosto conhecido olhou para baixo.

– Zazá! – Gigi não acreditava que sua irmã estivesse tão perto. Vários outros rostos se sucederam por aquela abertura estreita. Um deles era o do índio, só que parecia mais velho.

– Mas é o seu Gumercindo! E está acordado! – Pimba se alegrou.

O teto da casa estava cheio de algas. A mãozinha de Lica experimentou e puxou uma delas. Logo seu corpo começou a deslizar janela abaixo por aquela corda escorregadia mas incrivelmente firme. Ela se juntou aos quatro que aguardavam do lado de fora e se abraçaram, com muita alegria.

Os outros que estavam na casa imitaram o gesto de Lica. Havia algas suficientes e fortes para todos. Desceram oito crianças, entre meninas e meninos, e seu Gumercindo, por último, porém sua corda era mais curta, e ele ficou balançando no ar até decidir pular.

Felizmente não se machucou, pois era um chão de esponja.

– Que bom! Estamos todos aqui! – enganou-se Gigi.

Faltavam Nini, Íris e dona Dolores. Subitamente, uma onda inesperada e muito alta passou por cima do telhado da cabana e trouxe as três, que chegaram com muito impacto e se embolaram com os demais, fazendo uns caírem sobre os outros.

– Ai, que horror! – Nenenha gritou, ao se ver por baixo de todos.

• • •

– Você escutou alguém gritar? – a cigana perguntou ao velho.

Coriolano a princípio se confundiu, achando que eram os guinchos do macaquinho, que correu em disparada para fora da clareira. Mas eram vozes humanas, e o dono da ilha ficou muito bravo, pois a turma tinha saído dos limites que ele estabelecera. Percebeu uma pitangueira carregada e entendeu o motivo da desobediência.

Viu a diretora e uma parte da garotada, inclusive suas netas, atacando as frutas. Ele foi logo ralhando com Nenenha, cujos joelhos estavam ralados. Contudo, todos riram quando o mico se aproximou de Lica e lhe entregou uma figurinha de anjo que a menina tinha deixado cair.

Lucas Lauro e Jadico queriam ir até outras pitangueiras, mais afastadas, com frutas mais bonitas, muito mais vermelhas. Mas a cigana, pegando os dois pelas mangas das camisetas, disse um não bem decidido. Que ninguém entrasse no mato, ela avisou. Coriolano estava de acordo. Vários olhares decepcionados se despediram das frutas. Não entendiam por que imaginavam aquilo, porém todos tinham certeza de que as pitangas que foram impedidos de comer, além de mais saborosas, seriam completamente diferentes de qualquer outra fruta...

Dona Dolores conseguiu fazer o pequeno mico subir em seu ombro, quando Coriolano convidou todos para voltarem para casa. A Tia, com as mãos na cintura, olhou para o patrão com seu ar de desafio.

– O que foi? Está faltando alguém? – ele perguntou.

– É mais do que evidente! – ela disse.

Dona Dolores resolveu contar as crianças. Faltavam quatro. Nini também sentiu a falta de um adulto.

Nisso escutaram vozes e o trecho de uma canção conhecida:

– "Alabum, ticabum..."

À frente de Gigi, Úrsula e Pimba, que vinham cantando, Naná lamentava que seu Gumercindo tivesse perdido para sempre seu boné de marujo. Infelizmente ela não viu que uma pena azul caiu dos cabelos de Úrsula, logo se perdendo entre as folhas e a poeira do chão. À espreita, algumas formigas aguardavam para levar a pluma para seu formigueiro.

"Sujeito mais bobo", pensou a Tia, ao verificar que o escoteiro fajuto tinha feito no rosto uma pintura de índio.

Quando entraram em casa, Nini correu para a varanda e de lá chamou o pessoal para ver a grande novidade. O mar, clarinho, tinha levado embora aquela infinidade de algas, e até a praia estava limpa.

• • •

Depois de uma noite calma e de uma manhã de sol e de praia, dona Dolores e doze de seus alunos observavam o barco que os levaria de volta atracar na Ilha do Tempo Perdido. Do outro lado, no continente, o ônibus que os deixaria em casa já aguardava os viajantes. Mas onde estava o motorista?

Gumercindo se despedia de Nini e suas primas. De novo com a roupa de marinheiro, usava o lenço que Nenenha lhe oferecera e que tinha acabado de amarrar sobre os cabelos. Estava muito parecido com Coriolano, cada um com uma bandana. O motorista estava conformado de ter perdido o boné com a fita azul e o pompom vermelho.

Cacau percebeu a silhueta da cigana na janela do sótão. Como seu amigo Pimba, ainda achava que a mulher parecia uma bruxa. Formava com o patrão uma dupla bem suspeita: a trançuda e o barbudo. Pimba comentou com Gigi e Úrsula que nada de diferente ou de macabro tinha acontecido ali, mas que o lugar, mesmo sem as algas, era muito esquisito. Os três olharam, inquietos, para a vegetação ao longe, depois da clareira. Ainda bem que não tinham entrado ali, arriscando-se no chão alagadiço.

Coriolano Ramalho Brandão se sentia muito aliviado, já que ninguém ficou sabendo das ruínas que ele preferia manter escondidas. Sentiu-se melhor ainda quando Nini apontou duas ararinhas voando não muito longe da casa. Estava explicada a permanência do bando por tanto tempo daquela vez. Iriam partir em número maior.

Dentro do barco, as crianças acenavam para os que ficavam. Aos poucos, afastaram-se em direção à terra firme. Iam pensando no que haviam deixado para trás. Niquinho e Taquinho comentavam que as meninas do helicóptero eram, na verdade, muito parecidas com a turma do ônibus, apesar da mania de anjos de Lica.

Naná ajeitava na mochila seu caderno de desenhos, lamentando-se pelo fato de, com tantas paisagens diferentes, só ter reproduzido as trepadeiras da varanda. Jadico e Lucas Lauro estavam arrependidos por não terem levado o macaquinho com eles, mas era bem provável que o pai deles, seu César, não gostasse de ter um mico na confeitaria.

Zazá e Gigi, sentadas ao lado uma da outra, concordaram, para surpresa de Charles, que as viagens com dona Dolores eram sempre interessantes. Então irmãos do sexo feminino eram capazes de se entender, ele anotou mentalmente.

Cacau e Pimba se sentiam muito frustrados, assim como Úrsula, porque nada de extraordinário acontecera, apesar do aspecto suspeito da Tia e de Coriolano. Charles, escutando os três colegas, imaginou se não estariam enganados. Pela primeira vez admitiu que aquele lugar era mesmo bastante estranho e que a lembrança da Ilha do Tempo Perdido iria sempre lhe provocar a sensação de uma experiência incompleta. É que na noite anterior, incrivelmente tranquila, o menino teve um sonho que mexeu com ele. Sonhou que em algum lugar da ilha, além da clareira, existia uma estranha casa de madeira, onde não conseguia entrar, pois ela não tinha porta. Ao acordar, estava com a forte sensação de que os sonhos poderiam explicar os mistérios entranhados na realidade.

Antes de entrar na casa, Lica surpreendeu o macaco na varanda, meio oculto pelas trepadeiras. Não é que o espertinho tinha encontrado o boné de Gumercindo, já bem sujo e até rasgado?

Como tinha aprendido a fazer com dona Dolores, o mico pulou para o ombro do avô das garotas. No lugar de um papagaio, o velho pirata podia passear com um macaquinho amistoso, mas de olhar triste.

Deixando seu posto de observação, a Tia acendeu o cachimbo, sentou-se na rede e abriu o lenço em que guardava o baralho. Puxou uma carta do meio do maço e a virou. Correspondia ao número 10 e era conhecida como "A roda". Segundo os conhecimentos da Tia, significava mudança, um novo caminho. Era o destino querendo se manifestar de outro jeito.

No barco, Íris estava sentada ao lado de dona Dolores. Tinha acabado de lhe fazer uma pergunta:

– E a nossa próxima viagem? Para onde nós vamos?

Canções citadas

[1]"Marinheiro só" – canção popular
[2]"A viagem" – canção supostamente escoteira
[3]"Alabum, ticabum" – canção escoteira

O autor

Arquivo pessoal

Apesar de morar na mesma cidade em que nasci, Belo Horizonte, vivi em outros lugares, como São Paulo, Rio de Janeiro e Paris. Já publiquei mais de 80 livros e trabalhei alguns anos na área de editoração. Sempre fui um leitor assíduo e apaixonado, o que me levou a fazer um doutorado em literatura.

Da mesma forma que me aventurei a viver em outras cidades, continuo tendo um grande prazer em viajar para conhecer lugares novos, onde posso ouvir (e, algumas vezes, falar) outras línguas em cenários inesperados. Tão diverso, o mundo – ou as partes dele que pude conhecer – é fascinante. Igualmente fascinantes são os livros, sendo a literatura o jogo mais interessante que existe, pois é um desafio que entretém, emociona e ainda nos modifica, ao nos proporcionar um conhecimento que, sozinhos, não teríamos como obter.

Quando sou apenas um leitor, sinto uma grande identificação com aquilo que eu leio, na medida em que o conteúdo daquelas palavras vai me seduzindo. Eu me divirto bastante com livros nos quais os autores que admiro armam mistérios, desafiam minha atenção e provocam minha sensibilidade.

Ao mesmo tempo que gosto de ser surpreendido com a quebra de expectativas, eu me sinto muito à vontade com personagens que conheço de outras histórias.

Por essas razões, quis partilhar com os leitores algo de minhas preferências no campo da leitura. Decidi criar uma série, usando suspense, provocando sustos, narrada com humor. Nela, os mesmos personagens se reencontram em pequenas viagens para conhecer paisagens reais e interessantes, mas são atraídos pelas dimensões internas do sonho e da fantasia.

A Ilha do Tempo Perdido é mais um encontro da diretora Dolores e do motorista do ônibus escolar, seu Gumercindo, com os alunos da mesma escola, entre eles vários irmãos, em outra aventura que desfaz os limites entre o real e o mágico, apelando à imaginação de quem lê.

Entrevista

A Ilha do Tempo Perdido narra mais uma aventura de dona Dolores e seus alunos. Assim como nos livros anteriores, Lino de Albergaria cria um ambiente cheio de mistérios e humor. Na conversa a seguir, ele conta um pouco de seu processo criativo.

1) Na história, os personagens parecem estar em um sonho. Em que medida os sonhos contribuem para criar o ambiente de mistério da história?

• O sonho representa o que acontece fora dos limites da realidade. Todos sonhamos, e em nossos sonhos tudo pode acontecer. As histórias que exploram a fantasia, fruto da imaginação do autor, têm uma atmosfera muito semelhante à dos sonhos, pois falam de acontecimentos e lugares dando-lhes uma aparência que embaralha o que é real e o que não é.

2) As histórias dos alunos de dona Dolores sempre acontecem em uma paisagem natural: parque, serra e, agora, ilha. Você acha que falta às crianças, hoje, um contato maior com a natureza?

• A falta de contato com a natureza priva as pessoas confinadas ao cotidiano de uma cidade de ter um conhecimento mais autêntico do mundo. Existem paisagens que desconheceríamos se não nos deslocássemos até elas, e, quando isso acontece, a surpresa é enorme. Na cidade grande, à noite, nunca vemos a quantidade imprevisível de estrelas que poderíamos perceber. Um céu cheio de estrelas nos parece fantástico, até mesmo irreal, quando o descobrimos. Também nos fascinamos ao reparar na linha do horizonte, ao olhar o mar aberto e sem limites se contrapor ao céu, ou quando observamos o movimento incessante da água do rio. Ter a experiência da natureza é como acordar para um lado da vida mais imprevisível, mais forte, mais completo.

3) História e cultura também são temas que aparecem no livro. Você considera que retomar o passado é um elemento importante para construir narrativas?

• Quantos lugares por onde passamos todos os dias têm uma história que desconhecemos! Um monumento, uma construção antiga, uma rua podem nos contar tantas coisas interessantes, as quais, porque as ignoramos, não valorizamos. Cada um de nós representa uma ponta de um grande novelo que começa no passado, e esse passado, ao se desdobrar, pode nos reservar grandes surpresas.

4) Um fato curioso entre os alunos de dona Dolores é que há muitos irmãos e irmãs, e os conflitos entre eles enriquecem o humor da narrativa. De onde veio a inspiração para criar essas personagens?

• Irmãos, especialmente gêmeos, fazem a vida menos solitária e intensamente compartilhada. As famílias antigas tinham muitos filhos, na minha éramos cinco. Conviver com mais gente, de um modo espontâneo, é uma experiência inesquecível.

5) E quanto a dona Dolores e seu Gumercindo?

• Eu fui aluno e já andei em ônibus escolar. Dona Dolores e seu Gumercindo devem vir do fundo da minha memória, embora não sejam pessoas expressamente tiradas da vida real. Eles têm um lado extravagante, porque além de gostar de trabalhar com crianças, gostam de viajar e, apesar de adultos, sentem atração pelas coisas fantásticas. As pessoas do interior, com quem convivi na infância, tinham sempre casos de assombração para contar. Essas assombrações estavam muito perto do lugar e dos objetos que todos conheciam. Eram inacreditáveis e por isso engraçadas, pois nos provocavam com humor e inteligência. O melhor horário para contar histórias é à noite, pois o escuro já introduz certo medo. Por isso, quem contava casos vinha com essa frase: "quem conta história de dia cria rabo de cutia". Alguém já viu rabo em cutia? Pude, desde então, perceber que grande parte das pessoas adora se assustar, mesmo que apenas por divertimento.

6) A turma está dividida em dois grupos distintos: os céticos e os que gostam de uma boa história de assombração. Você diria que, depois de todas as aventuras, aqueles que não acreditavam no sobrenatural mudaram sua forma de pensar?

- No fundo, a dúvida foi instalada, embora, no final da história, eles tenham se esquecido das aventuras fantásticas que viveram... Será que não vão mesmo se lembrar?

ENTRE LINHAS AVENTURA

A Ilha do Tempo Perdido

Lino de Albergaria

Atual Editora

Suplemento de leitura

Nina Diane, a mais nova aluna e integrante das excursões de dona Dolores, faz aniversário e convida a turma toda para comemorá-lo na ilha de seu avô, Coriolano Ramalho Brandão.

A Ilha do Tempo Perdido é um lugar com uma energia indecifrável, e mesmo o seu proprietário parece não confiar muito naquelas terras. Com o passado marcado por muitas perdas e sofrimento, essa ilha tropical, com águas verde-azuladas, araras-azuis e até um macaquinho, é assombrada por uma lenda misteriosa. Para aumentar o clima sombrio, estranhos sinais parecem anunciar que algo está para acontecer. Explorar essa ilha cheia de segredos será uma aventura e tanto para essa turma.

Atividades complementares

(Sugestões para História e Geografia)

11. Gumercindo, o motorista do ônibus, convida a turma para explorar a ilha como se fossem escoteiros. No entanto, quando chegam à clareira e dona Dolores pede a ele que ensine à garotada alguns truques de escoteiro, ele percebe que do assunto só sabia o lema, algumas canções e se vestir como tal.

E você, conhece o movimento escoteiro, seu lema, o que fazem e as modalidades de escotismo que existem? E truque de escoteiro, conhece algum? Pesquise sobre o movimento escoteiro e procure aprender algum truque ou canção. Em seguida, compartilhe com os colegas as informações que encontrou.

> *No seu quartinho, a Tia espalhava sobre a cama as cartas de um baralho bastante usado, que ela tirou de dentro de um lenço amarrado no formato de uma trouxinha. Já ia acender o cachimbo, quando parou para virar uma carta. O fósforo aceso quase queimou seu dedo. Seus olhos manifestaram grande surpresa com o que a figura estampada naquele retângulo de papel queria dizer.* (p. 46-47)

12. A Tia era uma das únicas pessoas do povoado que tinha coragem de trabalhar na ilha de Coriolano. Sua origem era cigana e, talvez por isso, era considerada uma mulher misteriosa, bastante sensitiva e que, conforme a tradição de seu povo, sabia ler o futuro nas cartas. Faça com os alunos uma pesquisa sobre os povos nômades, enfocando o grupo e a cultura dos povos ciganos.

b) Quando Coriolano e a Tia vão ao encontro da turma na mata, temos alguma ideia do tempo que levou toda a aventura? Explique.

Produção de textos

10. Na ilha, dona Dolores reúne os alunos e propõe uma brincadeira, a história maluca. Você conhece esse jogo? Crie uma história oral a partir dessa brincadeira e depois faça o que se pede.

a) História oral:

Objetivo: criar uma história coletiva.

Como fazer:

- Sente-se em círculo com seus colegas;
- Cada jogador deve criar uma frase iniciada por uma letra do alfabeto, dita na sequência (não valem K, W, Y);
- Caso haja poucos participantes, depois de completada uma rodada, o primeiro jogador volta a falar, até que o alfabeto seja finalizado.

b) História escrita:

- Durante a criação da história oral, faça registros das frases inventadas por seus colegas;
- Reescreva a história, fazendo as adaptações necessárias e atentando para elementos de coesão, coerência, tipos de linguagem e discurso empregado;
- Leia sua história em voz alta para seus colegas.

b) Naná, Pimba, Úrsula e Gigi tentam ajudar Gumercindo a recuperar seu boné. Nessa busca, atravessam a ponte e chegam ao outro lado do riacho. O que encontram nesse lugar?

9. Perdidos na mata, os alunos passam a viver experiências inusitadas, como a de Charles, que caminha por uma espécie de labirinto cercado por prateleiras com livros empoeirados. Até que um desses livros cai a seus pés e se abre em uma página que diz algo a respeito da ideia de tempo:

> [...] *Ficou sabendo, à medida que o lia, que o tempo tinha muitas dimensões e, numa delas, o mundo tinha um lado mais delicado e fugidio. Nele, as coisas não só se desmanchavam muito rápido, como se transformavam em várias outras. Tudo tinha a duração e a consistência das imagens sonhadas.* (p. 53)

a) O que essa definição de tempo tem em comum com o tempo da experiência que todo o grupo estava vivendo? Explique com suas palavras.

7. Além de Coriolano, mais uma figura habitava a casa da Ilha do Tempo Perdido. Sua presença chegou a assustar primeiro Gigi e depois Úrsula e Zazá, até ser apresentada aos visitantes. Quem era ela e quais suas principais características?

Tempo e espaço

8. Toda a turma se perde na mata, a maioria dos alunos acompanhada de dona Dolores e o restante segue por outro caminho com Gumercindo. Cada grupo descobre lugares bem diferentes um do outro. A partir dessa premissa, releia o texto e responda:

a) A maioria da garotada, acompanhada por dona Dolores, segue pela mata seduzida pelas frutas das pitangueiras que, quanto mais distantes da trilha original, mais saborosas pareciam ser. Aonde essa turma chega?

a) O que leva dona Dolores e a maioria da garotada a se distanciar da trilha que seguiam?

b) O que faz a turma que fica com Gumercindo?

5. Compreender um código linguístico depende da capacidade que desenvolvemos de identificar alguns elementos que o constituem, como o da intertextualidade inerente à maioria dos textos. O diálogo entre textos pode ocorrer de forma implícita ou explícita. Em *A Ilha do Tempo Perdido*, Íris dá um exemplo típico de intertextualidade explícita ao citar o conto de fadas *João e Maria*. Você conhece esse conto? Como essa citação contribui para compreendermos o contexto citado por Íris?

Personagens

6. Além das meninas e dos meninos que fazem parte da turma de dona Dolores, mais duas convidadas, que chegam de helicóptero à ilha, vão comemorar o aniversário de Nini. Quem são elas? Como podemos caracterizá-las?